A REDE

OBJETIVA

HÅKAN NESSER

A REDE

Tradução
Patricia Broers-Lehmann

OBJETIVA

Publicado mediante acordo com Linda Michaels Limited, International Literary Agents.

Título original
Det Grovmaskiga Nätet

EDITORA OBJETIVA LTDA., Rua Cosme Velho, 103
Rio de Janeiro – RJ – CEP: 22241-090
Tel.: (21) 2556-7824 – Fax: (21) 2556-3322
www.objetiva.com.br

Capa
Tita Nigrí

Ilustração de capa
Tita Nigrí e André Amaral

Revisão
Fabiano Morais
Umberto de Figueiredo

Editoração Eletrônica
Abreu's System Ltda.

N463r
Nesser, Håkan
A rede / Håkan Nesser, tradução de Patrícia Broers-Lehmann a partir da versão em alemão. – Rio de Janeiro : Objetiva, 2005

302 p. (1.) ISBN 85-7302-711-8
Tradução de : *Det grovmaskiga nätet*

1. Literatura sueca - Romance.

CDD 839.73

"Quando finalmente descobrimos
o que estávamos procurando na
escuridão, geralmente concluímos que
era exatamente isso: a escuridão."

C. G. Reinhart, detetive de polícia

PRIMEIRA
PARTE

Sábado, 5 de outubro
Sexta-feira, 22 de novembro

1

Acordou, mas não conseguia lembrar-se do próprio nome.

Além disso, o corpo todo lhe doía. A cabeça, o pescoço, o estômago, o peito, tudo estava em chamas. Engoliu, mas não tentou uma segunda vez. A língua estava colada no céu da boca, queimando e clamando por água.

Os olhos latejavam. Pareciam querer saltar das órbitas.

Não sou ninguém, pensou. Não passo de um pobre sofredor.

O quarto estava escuro. Mexeu um braço, o outro estava adormecido, formigando sob seu peso.

Havia, sim, uma mesa-de-cabeceira. Um telefone e um copo. Um jornal. Um despertador.

Pegou o despertador, que escorregou por entre seus dedos e caiu no chão. Tateou por uns instantes, até finalmente conseguir alcançá-lo, e levantou-o, mantendo-o diante do rosto.

O mostrador era fosforescente. Ele reconheceu os algarismos.

Oito e vinte. Da manhã, provavelmente.

Continuava sem saber quem era.

Isso nunca lhe acontecera. É bem verdade que já acordara diversas vezes sem saber onde estava. Ou que dia era. Mas seu nome... Será que alguma vez já havia se esquecido do nome?

John? Janos?

Não, mas era algo parecido.

Em algum lugar escondido do cérebro, tudo estava arquivado; não só seu nome, mas tudo... sua vida, seus hábitos e suas fraquezas. Tudo estava lá, ao alcance da mão. Por trás de uma fina membrana, que só precisava ser rompida... Na verdade, isso era irrelevante no momento. Ele acabaria se lembrando de tudo no seu devido tempo.

E talvez não houvesse razão para se animar.

De repente, a dor se intensificou atrás dos olhos. Possivelmente, porque estava pensando; de qualquer forma, a dor era um fato. Uma realidade incandescente e terrível. Um grito da carne.

E nada mais importava.

A cozinha se encontrava à esquerda e lhe parecia familiar. Ele não precisou procurar muito pelo tubinho; a certeza de que estava em casa crescia. É claro que existia a possibilidade de ele se lembrar de tudo no segundo seguinte.

Voltou para o corredor e chutou uma garrafa que estava no chão. Ela rolou pelo assoalho até parar embaixo da calefação. Foi ao banheiro. Abaixou a maçaneta.

A porta estava trancada.

Curvou-se com dificuldade. Apoiou as mãos sobre o joelho e ficou olhando para a tranca.

Vermelho. Certo. Ocupado.

Começou a ficar com ânsia de vômito.

"Abre aí...", quis dizer, mas não conseguiu emitir mais do que um grasno seco. Como se quisesse enfatizar a urgência da situação, esmurrou duas vezes a porta.

Nenhuma resposta. Nenhum som. Estava claro que quem quer que estivesse lá dentro não tinha a mínima intenção de deixá-lo entrar.

Sem aviso prévio, um refluxo encheu-lhe a boca de azedo. Provavelmente, mais estava por vir... Ele sabia que, agora, era só uma questão de segundos. Atravessou novamente o corredor, cambaleando apressadamente. E chegou à cozinha.

Ela pareceu-lhe ainda mais familiar do que antes.

Em todo caso, estou na minha casa, pensou ele, e vomitou na pia.

Com a ajuda de uma chave de fenda, começou a forçar a tranca da porta do banheiro. Teve a nítida sensação de que não era a primeira vez que fazia isso.

"Lamento, mas não tive escolha."

Ele entrou e, no momento em que acendeu a luz, lembrou quem era.

E também identificou logo a mulher na banheira.

Chamava-se Eva Ringmar e estava casada com ele havia três meses.

Ela se encontrava numa posição curiosamente contorcida na banheira. O braço direito pendia da borda num ângulo pouco natural. As unhas cuidadosamente feitas tocavam o chão. Os cabelos escuros boiavam sobre a água. O rosto estava voltado para baixo e, visto a banheira estar cheia até a borda, não restava dúvida alguma de que sua mulher estava morta.

Ele se chamava Mitter. Janek Mattias Mitter. Professor de história e filosofia no Colégio Bunge, em Maardam.

Costumava ser chamado de JM.

Ao se conscientizar de tudo, vomitou novamente, desta vez no vaso. Depois, pegou dois comprimidos de dentro do tubinho e chamou a polícia.

2

A cela tinha a forma de um "L" e era verde. Um único tom de verde, homogêneo; nas paredes, no chão e no teto. A luz do dia passava contida por uma janelinha lá no alto. À noite, ele conseguia ver uma estrela.

Havia um canto com pia e vaso. Um catre preso à parede. Uma mesa bamba com duas cadeiras. Uma lâmpada de teto. Outra, de leitura.

Ele se apercebia dos diversos sons e do silêncio. E do cheiro do próprio corpo.

O advogado se chamava Rüger. Era grande, tinha uma corcunda e arrastava a perna esquerda. Mitter calculava que ele devia ter uns 55 anos, alguns a mais do que ele próprio. Se não estava enganado, conhecia o filho de Rüger do colégio. É possível que até tivesse dado aula para ele... Um menino pálido, de pele sebenta e notas sofríveis. Devia fazer oito ou dez anos.

Rüger estendeu-lhe a mão. Apertou-a demoradamente e com força, mantendo o rosto sério e benevolente ao mesmo tempo. Mitter teve a impressão de que o homem à sua frente alguma vez havia feito um curso de psicologia.

— Janek Mitter?

Mitter assentiu.

— A situação é grave!

O advogado tirou a capa de chuva, sacudiu-a para tirar a água e pendurou-a no gancho ao lado da porta. O guarda deu duas voltas na chave e afastou-se pelo corredor.

— Está chovendo lá fora. Na verdade, aqui dentro está muito mais aconchegante.

— Tem um cigarro?

Rüger tirou um maço do bolso.

— Pode pegar quantos quiser. Não dá para entender por que eles não deixam vocês fumarem.

Ele se sentou à mesa. Colocou sua maleta de couro pesada em cima dela. Mitter acendeu o cigarro, mas permaneceu em pé.

— Não quer sentar?

— Não, obrigado.

— Como queira.

O advogado abriu uma pasta marrom. Tirou dela folhas datilografadas e um bloco. Bateu algumas vezes com a caneta sobre a mesa e apoiou os cotovelos nela.

— Como tinha dito, a situação é grave! Quero deixar isso bem claro.

Mitter ficou aguardando.

— Há muitas evidências contra o senhor. Por isso, deve ser franco comigo. Se não tivermos total confiança um no outro, não vejo como defendê-lo de forma satisfatória... Dá para entender, não?

— Dá.

— Também parto do princípio que o senhor compartilhará voluntariamente seu ponto de vista comigo.

— Meu ponto de vista?

— Sobre como devemos proceder. Naturalmente, sou eu quem vai elaborar a estratégia, mas tudo isto tem a ver com o senhor. E o senhor, evidentemente, é uma pessoa inteligente.

— Entendo.

Que bom! Quer contar o que aconteceu ou prefere que eu faça perguntas?

Mitter apagou o cigarro na pia e sentou-se à mesa. A nicotina deixou-o tonto durante alguns instantes e, de repente, só conseguia sentir uma profunda tristeza. A vida. Aquele advogado torto, a cela absurdamente feia, o gosto ruim na boca, as inúmeras e inevitáveis perguntas e respostas que o aguardavam — tudo o deixava triste.

Terrivelmente triste.

— Já repassei tudo com a polícia. Há dois dias não faço outra coisa.

— Eu sei disso, mesmo assim, não há escolha. Faz parte das regras do jogo, dá para entender, não?

Mitter deu de ombros. Sacudiu o maço e tirou outro cigarro.

— Acho que é melhor o senhor fazer as perguntas.

O advogado inclinou-se para trás. Balançou com a cadeira e colocou o bloco sobre o joelho.

— A maioria usa gravador, mas eu prefiro escrever — explicou ele. — Acho que incomoda menos os clientes...

Mitter concordou com a cabeça.

— Além disso, tenho acesso às gravações da polícia, caso precise. Portanto, antes de entrarmos no acontecido em si, tenho que fazer a pergunta obrigatória. Provavelmente, será acusado de homicídio culposo ou doloso pela morte de sua esposa, Eva Maria Ringmar. O que tem a dizer? Culpado ou inocente?

— Inocente.

— Muito bem. Não pode existir qualquer dúvida quanto a isso. Nem para o senhor nem para mim.

Ele fez uma breve pausa enquanto brincava com a caneta.

— Alguma dúvida?

Mitter suspirou.

— Devo pedir-lhe que responda às minhas perguntas. O senhor tem certeza absoluta de que não matou sua mulher?

Mitter só respondeu depois de alguns segundos. Em vão, tentou captar o olhar do advogado para descobrir no que estava pensando. O rosto de Rüger era inexpressivo como uma batata.

— Não, é claro que não tenho certeza. O senhor sabe muito bem disso. Não consigo me lembrar do que aconteceu.

— Isso eu já entendi, e é justamente por isso que temos que rever tudo mais uma vez. Sua memória só voltará quando tentar reconstruir aquela noite, cena por cena... Sem conjecturas nem subterfúgios. Ou o senhor não concorda?

— Está pensando que sou o quê? O que o senhor acha que estou fazendo desde que cheguei a esse buraco?

Um ódio vago começava a tomar forma. O advogado evitou o olhar de Mitter e escreveu algo no bloco.

— Afinal, o que é que o senhor está escrevendo aí?

— Desculpe.

O advogado balançou a cabeça, defensivo. Tirou um lenço do bolso e assoou o nariz com vontade.

— Que tempo horrível — disse.

Mitter concordou com a cabeça.

— Quero que entenda — disse o advogado — como sua situação é precária. O senhor afirma ser inocente, mas não se lembra de nada... o que não é uma base sólida para uma defesa, o senhor há de convir.

— A promotoria tem que provar que sou culpado. Provar o contrário não é minha função, ou é?

— Claro que não. Assim reza a lei, mas...

— Mas o quê?

— Se o senhor não se lembra, então não se lembra. Vai ser bastante difícil convencer o júri... Promete que me avisará assim que se lembrar de algo?

— Claro.

— Independentemente do que seja?

— Sem dúvida...

— Vamos prosseguir, então. Há quanto tempo conhecia Eva Ringmar?

— Dois anos... Quase dois anos... Desde que veio para o colégio.

— O senhor dá aula de quê?

— História e filosofia. Principalmente história, já que filosofia é uma matéria eletiva.

— Há quanto tempo dá aula lá?

— Uns vinte anos... Melhor, 19.

— E sua mulher?

— Línguas estrangeiras... Há dois anos, como já disse.

— Quando começaram a se relacionar?

— Há seis meses. Casamos neste verão, no início de julho.

— Ela estava grávida?

— Não. Como assim?...

— O senhor tem filhos, Sr. Mitter?

— Tenho. Um rapaz e uma moça.

— Qual a idade?

— Vinte e 16. Eles moram com a mãe em Chadów...

— Quando se separou de sua primeira mulher?

— Em 1980. O Jürg morou comigo até terminar o ensino médio. Não estou entendendo por que isso poderia ser importante...

— Seu passado. Tenho que conhecer seu passado e o senhor tem que me ajudar nisso. Como é seu relacionamento com sua ex-esposa?

— Inexistente.

Ficaram em silêncio por um tempo. O advogado assoou novamente o nariz. Era evidente que algo não lhe agradava aqui, mas Mitter não estava com vontade de ajudá-lo... Irene não tinha nada a ver com essa história. Nem o Jürg, nem a Inga. Sentia-se grato, pois os três haviam sido espertos o suficiente para não se envolverem. Naturalmente, haviam-no contatado, mas apenas no primeiro dia, depois disso o silêncio imperou. É bem verdade que uma carta de Inga chegara de manhã, mas ela se resumia a duas frases. Era uma manifestação de solidariedade.

Estamos contigo.

Inga e Jürg.

Ele se perguntava se isso também valia para Irene. Ela também o apoiava? Mas, talvez isso que não fizesse diferença.

— Como era o relacionamento de vocês?

— O quê?

— Seu casamento com Eva Ringmar. Como era?

— Como qualquer casamento.

— O que o senhor quer dizer com isso?

— ...

— O senhor e ela se davam bem ou brigavam muito?

— ...

— Só estavam casados havia três meses, certo?

— Isso mesmo.

— E aí o senhor encontra a sua mulher morta na banheira. Não dá para entender que temos que encontrar uma explicação para isso?

— Dá.

— Então, o senhor também há de convir que não chegaremos a lugar algum se ficar calado. Seu silêncio será tido como uma tentativa de esconder algo. E isso será usado contra o senhor.

— É, dá para imaginar.

— O senhor amava sua mulher?

— Amava...

— Brigavam?

— Raramente.

Rüger fazia anotações.

— O procurador alegará homicídio. O legista e a perícia são da mesma opinião... Não conseguiremos provar que sua mulher morreu de morte natural. A questão é se ela poderia ter se suicidado.

— É, suponho que sim.

— Supõe o quê?

— Que essa seja a questão crucial... se ela poderia ter se suicidado.

— Pode ser. Naquela noite, quanto vocês beberam?

— Bastante.

— Ou seja?

— Não me lembro exatamente...

— Normalmente, Sr. Mitter, quanto o senhor consegue beber antes de apagar?

O advogado estava evidentemente irritado agora. Mitter empurrou sua cadeira para trás. Levantou-se e foi até a porta. Colocou as mãos nos bolsos e fitou a corcunda de Rüger. Ficou esperando, mas o advogado permaneceu imóvel.

— Não sei — disse Mitter, finalmente. — Tentei contabilizar... As garrafas vazias e tal, o senhor sabe... Parece que foram seis ou sete garrafas.

— De vinho tinto?

— É. Vinho tinto. Mais nada.

— Seis ou sete garrafas para duas pessoas? O senhor não teve nenhuma visita naquela noite?

— Não que eu me lembre.

— O senhor tem problemas de alcoolismo, Sr. Mitter?

— Não.

— Ficaria surpreso se outras pessoas não compartilhassem da sua opinião?

— Ficaria...

— E sua mulher?

— Como assim?

— É verdade que ela esteve uma vez — curvou-se sobre seus papéis, folheando-os — numa clínica, internada em função dos problemas que tinha com o álcool... Em Rejmershus? Está escrito aqui...

— Por que pergunta, então? Já faz seis anos. Ela havia perdido um filho e seu casamento...

— Eu sei, eu sei. Perdoe-me, Sr. Mitter, mas tenho que fazer essas perguntas, por mais desagradáveis que sejam para o senhor. Posso lhe adiantar que tudo será muito pior durante o julgamento. É melhor ir se acostumando.

— Tudo bem, já me acostumei.

— Podemos continuar?

— Claro.

— Qual é a última lembrança daquela noite que lhe vem à cabeça? Da qual o senhor tem certeza absoluta.

— A comida... Comemos um cozido mexicano. Mas eu já contei isso para a polícia.

— Então, conte de novo.

— Comemos o cozido mexicano... Na cozinha.

— Ah, é?

— Fizemos amor...

— Também contou isso para a polícia?

— Contei.

— Vamos continuar!

— O que o senhor quer ouvir? Detalhes?

— Tudo que lhe vem à memória.

Mitter voltou para a mesa. Acendeu mais um cigarro e curvou-se para a frente. Talvez devesse contar tudo até que aquele escrevinhador maldito não agüentasse mais!

— Eva vestia um quimono... Nada mais. Durante o jantar, comecei a acariciá-la... Também bebemos, claro, e ela tirou minha roupa... Pelo menos, em parte. Aí eu a levantei, devagar, até colocá-la em cima da mesa...

Fez uma curta pausa. O advogado já não anotava mais nada.

— Eu a pus em cima da mesa, tirei seu quimono e a penetrei. Acho que ela gritou... Não porque estivesse doendo, e sim, por tesão, claro, sempre gritava... enquanto fazíamos amor; acho que durou uma eternidade. Depois, continuamos comendo e bebendo... Ainda me lembro de ter derramado vinho no seu colo, e de tê-lo lambido em seguida...

— Vinho sobre o colo?

De repente, a voz do advogado soava fraca.

— Isso mesmo. Quer que eu continue?

— Essa é a última coisa de que se lembra?

— Acho que sim.

O advogado pigarreou. Tirou novamente o lenço do bolso e assoou o nariz.

— Que horas poderiam ter sido?

— Não faço idéia.

— Nem mesmo a hora aproximada?

— Não. Tudo entre nove e duas é possível... Afinal, não olhei no relógio.

— Entendo. Por que olharia, não é?

O advogado juntou a papelada.

— Sugiro que o senhor não se prolongue na descrição do... ato sexual, caso seja mencionado no tribunal. Poderia gerar mal-entendidos.

— Claro.

— Além disso, não foram encontrados restos de esperma... Pois é, imagino que o senhor saiba que foram feitos exames muito minuciosos...

— Sei, o delegado me explicou... Não, muito provavelmente não ejaculei. Deve ser efeito do vinho... Ou um de seus méritos, dependendo do ponto de vista. O que o senhor acha, Dr. Rüger?

— O senhor sabe que precisaram a hora, não sabe?

— Que hora?

— Da morte. Não a hora absolutamente exata, claro, isso quase nunca é possível... Mas deve ter acontecido em algum momento entre quatro e cinco e meia.

— Acordei às oito e vinte.

— Sabemos disso.

O advogado se levantou, ajeitou a gravata e abotoou o casaco.

— Acho que chega por hoje. Muito obrigado, mas amanhã terei que continuar com as perguntas. Conto com sua colaboração.

— Não colaborei hoje?

— Colaborou, sim, e muito.

— Posso ficar com os cigarros?

— Por favor. Posso fazer uma última pergunta que, talvez, não seja muito... agradável?

— Certamente.

— Considero esta pergunta muito importante. Por favor, pense bem antes de responder.

— Vou pensar.

— Se não quiser responder, entendo perfeitamente, mas acharia melhor o senhor ser sincero consigo mesmo. Afinal, o senhor tem a impressão de que realmente quer se lembrar dos acontecimentos daquela noite... Ou preferiria que não?

Mitter não respondeu. O advogado não o estava encarando.

— Estou do seu lado. Espero que tenha consciência disso.

Mitter assentiu com a cabeça. O advogado apertou a campainha e o guarda surgiu após poucos segundos para tirá-lo da cela. Rüger permaneceu em pé na soleira da porta. Parecia hesitar.

— Meu filho pediu-me para mandar lembranças. Edwin. Edwin Rüger. Ele foi seu aluno de história há dez anos, não sei se o senhor se lembra... De qualquer forma, ele gostava do senhor. Considerava-o um professor interessante.

— Interessante?

— É, foi o que disse.

Mitter assentiu novamente.

— É, eu me lembro dele. Mande lembranças minhas também.

Apertaram as mãos, e Mitter voltou a ficar sozinho.

3

Um inseto subia por seu braço direito nu. Uma criatura ínfima que não passava de 2 milímetros; ele o observava e se perguntava aonde pretendia ir.

Em direção à luz, talvez. Ele havia acendido a luz da mesinha-de-cabeceira, embora fosse de madrugada. Simplesmente não conseguia mais suportar a escuridão. O que era curioso: a escuridão jamais significara perigo para ele, nem mesmo quando criança... Lembrava-se das muitas ocasiões em que fora elogiado indevidamente pela coragem e pelo destemor, apenas por não ter medo do escuro. Principalmente Mankel e Li achavam aquilo fantástico.

Mankel já estava morto. Quanto ao Li, não sabia que fim levara... Estranho pensar neles agora; fazia anos que não pensava neles. Teria sido melhor se outras coisas lhe viessem à mente... Mas quem tem controle sobre os insondáveis mecanismos de seus pensamentos?

Olhou no relógio. Três e meia. A hora dos lobos. Haveria sonhado algo?

Em todo caso, dormira mal. Quem sabe, havia se deparado com algo importante durante o sono? Nos últimos dias, estava cada vez mais convencido de que tudo viria à tona durante um sonho. Enquanto estava acordado, não acontecia nada; passara-se mais de uma semana e ele não havia se lembrado de mais nada do que ocorrera naquela noite fatídica além do que lhe tinha vindo à mente na manhã seguinte... Um banho fixador malsucedido, que não dava em nada, não chegava nem a revelar os contornos sobre o papel. Como se ele não tivesse estado lá, como se nada tivesse acontecido depois de terem se amado selvagemente. As últimas cenas eram claríssimas... As nádegas de Eva, suas costas absurdamente curvadas durante o momento de êxtase, o movimento ondulante de seus seios, as unhas cravadas em sua carne... Ainda havia outras cenas que ele não descrevera ao Rüger, mas não vinha ao caso... Depois daquele enlaçamento na cozinha, só restou o vazio. Brilhante como um espelho.

Como gelo recente sobre águas escuras.

Será que ele tinha simplesmente adormecido? Ou desmaiado? Acordara na manhã seguinte, nu na cama.

Mas que diabos tinha acontecido?

Eva? Ele tinha certeza de que ouvia sua voz, repetidas vezes, em seus sonhos, mas não conseguia se lembrar das palavras. Da mensagem, somente da voz... Grave, gozadora, um tanto provocante... Sempre gostara da sua voz.

O apartamento estava razoavelmente bem arrumado. Com exceção dos restos na cozinha e das peças de roupa espalhadas pelo chão. Dois cinzeiros cheios, alguns copos pela metade, a garrafa no corredor... Ele havia arrumado isso antes da chegada da polícia.

As mesmas perguntas. Sempre de novo. Sempre do início. Elas não o atingiam, ricocheteavam como seixos no gelo. Nada conseguia atravessar aquela mata fechada. Nada.

E se a solução do enigma lhe viesse durante o sono? Como, em nome dos céus, conseguiria lembrar-se dela? Como evitar esquecê-la, se esse era sempre o caso quando sonhava.

Dormia de forma irregular, nunca mais de uma hora e, freqüentemente, apenas 15 ou vinte minutos. Ele havia fumado o último cigarro de Rüger às duas... Neste momento, daria tudo por uma guimba; sentia uma fisgada no corpo que parecia não sossegar, como se fosse uma coceira, numa inalcançável profundidade da pele.

E uma preocupação.

Uma preocupação que ia e vinha, e que, possivelmente, era uma bênção, pois impedia sentimentos piores.

O que mais Rüger havia aventado?

Será que ele queria mesmo saber? Queria...?

Sentiu uma ligeira picada na axila. O inseto o havia mordido. Hesitou um pouco antes de pegar o animalzinho e comprimi-lo entre o polegar e o indicador.

Ao engoli-lo, era como se engolisse um pedaço de pão sem mastigar.

Virou-se para a parede. Pressionou o rosto contra o concreto e ficou prestando atenção nos ruídos. Mas só conseguia ouvir o rumorejar da ventilação.

Em algum momento, virá, pensou. É apenas uma questão de tempo.

Quando o carrinho com o café da manhã passou, pouco depois das sete, ele ainda permanecia imóvel, na mesma posição. E não pregara o olho.

4

Rüger ainda não havia melhorado do resfriado.

— Eu deveria tomar um conhaque e ir para a cama, mas, antes, tenho que ter uma palavrinha com o senhor. Dormiu bem?

Mitter negou com a cabeça.

— Conseguiu dormir, pelo menos?

— Não muito.

— Não mesmo, dá para ver. Não lhe dão comprimidos para dormir? Calmantes?

— Não.

— Cuidarei disso. Não podemos permitir que o senhor se acabe desse jeito. O senhor não está pensando que essa demora até o julgamento é mero acaso, está?

Ele emudeceu e assoou o nariz.

— Ah, é! Os cigarros...

Jogou um maço fechado sobre a mesa. Mitter arrancou o celofane e percebeu que não tinha controle sobre as mãos. Na primeira tragada, tudo ficou escuro à sua frente.

— Van Veeteren deverá vir interrogá-lo mais uma vez, à tarde. Gostaria de poder estar presente, mas não será possível. Meu conselho é dizer o menos possível... O senhor sabe que tem o direito de permanecer em silêncio?

— Pensei que quisesse me dissuadir disso.

— Durante o julgamento, sim. Mas não durante os interrogatórios. Mantenha-se em silêncio e deixe os outros falarem. Ou diga, simplesmente, que não se lembra. Entendeu?

Mitter concordou. Começou a sentir, voluntariamente ou não, uma certa confiança no advogado. Perguntou-se se isso se devia à sua insônia ou ao resfriado dele, que parecia estar piorando.

— O pior que o senhor pode fazer é dar margem a qualquer tipo de suposição, para depois ter que negar tudo. Tudo que disser durante o interrogatório pode ser usado contra o senhor no julgamento. Se, por exemplo, o senhor mandar o detetive tomar no cu, pode ter certeza que ele contará isso aos jurados... Como uma demonstração do seu caráter, de uma forma ou de outra. O senhor quer um café?

Mitter balançou a cabeça.

— Enfim... Gostaria de conversar com o senhor sobre aquela manhã.

— A manhã?

— É, a sua... quando o senhor a encontrou... ainda tenho algumas dúvidas.

— Quais?

— O que o senhor fez... depois de informar a polícia?

— Ah!

— O senhor arrumou o apartamento enquanto sua mulher estava morta na banheira?

— Só arrumei algumas coisas.

— Não acha isso estranho?

— Não.

— O que, exatamente, o senhor fez?

— Arrumei alguns copos, esvaziei um cinzeiro, guardei nossas roupas...

— Por quê?

— Por quê? Não sei... Estava em estado de choque. A única coisa que não queria era voltar para o banheiro.

— Quanto tempo levou até a polícia chegar?

— Quinze minutos... talvez vinte.

— Confere. Anotaram sua ligação às 8h27 e, de acordo com o registro, a polícia chegou à sua casa às 8h46. Dezenove minutos... O que fez com as roupas?

— Coloquei na máquina de lavar.

— Tudo junto?

— Tudo. Não era tanta coisa assim.

— Onde fica a sua máquina de lavar?

— Na cozinha.

— E o senhor colocou tudo lá dentro?

— Coloquei.

— Também ligou a máquina?

— Liguei.

— É sempre o senhor que lava a roupa?

— Morei dez anos sozinho.

— Tudo bem, mas o senhor não separa a roupa? As roupas deviam ser de cores e tecidos diferentes.

— Não, era só roupa escura.

— Ou seja, roupa de cor?

— Isso.

— Qual a temperatura?

— Quarenta graus. Algumas peças também teriam suportado 60°, mas isso não era tão importante...

Ficaram em silêncio. Rüger limpou o nariz. Mitter acendeu outro cigarro. O terceiro durante esta visita. O advogado ajeitou-se confortavelmente na cadeira e fitou o teto.

— O senhor não percebe que seu comportamento é absolutamente estranho?

— Como assim?

— Ligar a máquina de lavar após ter encontrado sua mulher morta na banheira.

— Não sei... Talvez.

— Ou será que o senhor fez isso antes de ter ligado para a polícia?

— Não, eu liguei imediatamente para a polícia.

— Imediatamente?

— Sim... Só tomei dois comprimidos antes. Estava morrendo de dor de cabeça.

— E o que mais o senhor fez enquanto aguardava a polícia... Esvaziou o cinzeiro, lavou os copos e a roupa...

— Joguei os restos de comida no lixo... Arrumei um pouco a cozinha...

— Não regou as plantas?

— Não.

— Nem limpou as janelas?

Mitter apertou os olhos. Percebeu claramente que sua confiança havia desaparecido. Irritado, apagou o cigarro.

— O senhor já encontrou sua mulher morta na banheira, Dr. Rüger? Então, me conte como é que alguém se comporta enquanto espera pela polícia, isso realmente me interessaria saber...

Rüger já havia pegado novamente o lenço, mas desistiu de assoar o nariz.

— Mas será que não dá para entender, homem?

— O quê?

— Que seu comportamento é absolutamente suspeito. O senhor tem que entender isso, a interpretação que podem dar... Lavar os copos! Lavar a roupa! Como se quisesse apagar todas as evidências!

— Quer dizer que o senhor parte do princípio de que eu a matei.

Rüger acabou assoando o nariz.

— Não, eu não parto de princípio algum. E graças a Deus que seu comportamento foi tão idiota, porque existe a possibilidade de vir a ser-lhe até favorável.

— O que o senhor quer dizer com isso?

— O senhor afoga sua mulher na banheira. Consegue trancar a porta por fora, tira a roupa, vai para a cama e esquece de tudo. Na manhã seguinte, acorda, arromba a porta do banheiro e a encontra... O senhor toma uns comprimidos, liga para a polícia e lava sua roupa...

Mitter levantou-se e dirigiu-se para a cama. Um repentino abatimento dominou-o; seu único desejo era que o advogado sumisse e o deixasse em paz.

— Eu não a matei!

Deitou-se na cama.

— Não, também acho que não. Sabe, creio que o melhor seria se o senhor fosse examinado por um psiquiatra. O que o senhor acha?

— Isso significa que não podem me obrigar?

— Não, enquanto não houver razões contundentes para tal.

— E não há?

O advogado levantou-se e vestiu o sobretudo.

— Difícil dizer, muito difícil. Qual a sua opinião?

— Não faço idéia.

Fechou os olhos e se comprimiu contra a parede. De longe, ainda ouviu o advogado dizer algo, mas o cansaço havia se tornado um abismo vertiginoso no qual ele se deixara cair sem oferecer qualquer resistência.

5

O detetive Van Veeteren não estava resfriado.

Tinha, entretanto, tendência a ficar depressivo com o mau tempo e, como chovesse ininterruptamente havia dez dias, a melancolia já conseguira fincar raízes nele.

Fechou a porta e ligou o motor do carro. Empurrou uma fita no toca-fitas.

"Concerto para Bandolim", de Vivaldi. Para variar, uma das caixas de som estava estalando. A música era constantemente interrompida.

Não era só a chuva. Havia outros motivos.

Sua mulher, por exemplo. Pela quarta ou quinta vez — não tinha certeza — queria voltar para ele. Eles haviam se separado, definitivamente, havia oito meses, e agora, mais uma vez, ela tornava a ligar.

Ela ainda não revelara o motivo abertamente, mas ele sabia o que ela queria. Podia contar que estaria partilhando cama e mesa com ela, novamente, durante o Natal.

O único jeito de evitar seria agradecer e recusar, mas, claro, não seria desta vez, de novo, que ele faria isso.

Van Veeteren entrou na Kloisterlaan e fisgou um palito de dentes do bolso da camisa. A chuva não dava trégua e o pára-brisa estava embaçado. Como sempre. Limpou-o com a manga da jaqueta e conseguiu enxergar direito por um momento.

Vou morrer agora, pensou de repente, mas não aconteceu nada. Mecanicamente, mexeu na alavanca da ventilação e regulou-a. O fluxo de ar quente se intensificou sobre seus pés.

Estou precisando de um carro melhor, concluiu.

Não foi a primeira vez que concluía isso.

Bismarck também estava doente.

Desde que sua filha Jess havia completado 12 anos, ele se sacrificava para cuidar do cachorro da raça terra-nova, um pobre-coitado, que ficava estirado diante da geladeira, completamente inerte, e vomitava bocados amarelados e fedorentos, que o obrigavam a voltar repetidas vezes para casa a fim de limpá-los.

Ele fazia votos que Jess estivesse melhor. Nesse meio-tempo, ela tinha completado 24, ou talvez 23 anos; morava longe, em Borges, com novos cães, um marido protético e um casal de gêmeos que estava começando a aprender a andar e xingar em outra língua. Ele a visitara no início de suas férias e não esperava vê-la antes do ano-novo.

Também tinha um filho. Erich.

Esse morava bem mais perto. Na Prisão Estadual de Linden, para ser mais exato, onde cumpria uma pena de dois anos por tráfico de drogas. Bem guardado, portanto. Se Van Veeteren tivesse vontade, poderia visitá-lo diariamente... Só precisaria sentar-se no carro e dirigir aqueles 20 quilômetros ao longo dos canais, apresentar sua identificação no portão e entrar. Erich estava preso; não havia como fugir do pai, e se este lhe levasse cigarros e algumas revistas, o filho nem o rejeitaria tanto.

Mas ele realmente não tinha nenhum motivo para ficar cara a cara com aquele criminoso de cabelos compridos, seu filho.

Abaixou a janela para respirar um pouco de ar puro. Gotas de chuva caíam sobre sua coxa.

Que mais?

O pé direito, claro.

Tinha torcido durante o jogo de *badminton* de ontem, contra Münster. 6-15, 3-15 e, devido à lesão, terminou com 0-6 no terceiro *set*... Números bastante expressivos. De manhã, mal conseguiu calçar o sapato, cada passo lhe doía.

Balançava cuidadosamente os dedos do pé e se perguntava se não era melhor tirar uma chapa, embora já soubesse que não ia levar esse pensamento a sério. Era igualzinho ao pai, que havia se recusado a ir ao hospital apesar da grave pneumonia, porque procurar um médico lhe parecia coisa de mulher.

Dois dias depois, morreu na própria cama, orgulhoso de jamais haver custado um centavo ao seguro de saúde e sem haver tomado uma gota sequer de qualquer tipo de medicamento.

Viveu 52 anos.

Perdeu por pouco o 18º aniversário do filho.

E agora, esse professor.

Contrariado, começou a pensar no trabalho. Não era um caso desinteressante por si só. Pelo contrário. Se não tivesse outras preocupações e se não fosse essa maldita chuva, até teria achado o caso um pouco intrigante.

Na verdade, não tinha certeza.

Em nove dos dez casos, tinha. Verdade, até mesmo com uma regularidade maior, para ser sincero. Van Veeteren sabia em, pelo menos, 19 de vinte casos, se o suspeito era culpado ou não.

Por que deveria ser humilde? Sempre havia uma infinidade de indícios mínimos, que apontavam numa certa direção ou na outra... e, com os anos, havia aprendido a interpretar esses indícios. Naturalmente não reconhecia cada um individualmente, mas dava na mesma. O importante era que ele via a cena. Reconhecia o padrão.

Nada disso era muito problemático, ele não precisava se esforçar.

Encontrar provas posteriormente, montar uma argumentação que fosse impermeável durante o julgamento, isso sim, era diferente. Mas a certeza e a intuição, essas simplesmente vinham de forma natural.

Quisesse ou não. Ele interpretava esses sinais que emanavam dos suspeitos; às vezes, era tão simples como ler um livro; como o músico, capaz de reconhecer a melodia através da agitação das notas; como o professor de matemática, que descobre um cálculo errado. Não era nada surpreendente, mas não deixava de ser uma arte. Uma arte que não se aprendia simplesmente e que também não se passava adiante sem mais nem menos; era uma habilidade que ele havia desenvolvido durante os muitos e longos anos no campo da criminalística.

É claro que se tratava de um dom e, de uma forma ou de outra, ele merecera esse dom.

Isso não significava, nem de longe, que ele era grato por isso.

Naturalmente sabia que ninguém naquela região o superava durante um interrogatório, ou até mesmo no país, mas abriria mão dessa honra sem pestanejar se, em troca, pudesse ter dado uma surra no Münster no jogo de *badminton*.

Pelo menos uma única vez!

E, naturalmente, havia conquistado a promoção para detetive-chefe por mérito próprio, e superado todos os outros que também demonstraram interesse na função após a aposentadoria do velho Mort.

E, naturalmente, era por isso que o chefe de polícia sempre rasgava a carta de demissão dele, jogando o papel picado direto na lata de lixo.

Van Veeteren tinha que manter seu posto.

Pouco a pouco, conformou-se com seu destino. Talvez fosse melhor assim; a cada ano que passava, tinha mais dificuldade em imaginar qualquer outro tipo de trabalho.

Por que ser um jardineiro ou motorista de ônibus deprimido se também se pode ser um detetive deprimido, como Reinhart descrevera em um de seus momentos mais lúcidos.

Mas e este caso?

Em 19 de vinte casos, ele tinha certeza.

Era no 20º que surgiam as dúvidas.

E no 21º...

Lembrou-se de uma modinha antiga:

Dezenove jovens donzelas...

Batia o ritmo com os dedos no volante e tentava, na escuridão de sua memória, descobrir como a música prosseguia.

... o tenente tinha aos seus pés?

Não soava bem, mas e daí! E como é que continuava mesmo?

Dezenove jovens donzelas o tenente tinha aos seus pés.

Na vigésima?...

Foi rejeitado, pensou Van Veeteren. Pegou gonorréia? Não, isso não.

Na vigésima foi rejeitado.

E na vigésima primeira perdeu a vida!

Que bobagem! Cuspiu o palito e parou em frente à delegacia. Como sempre, juntou toda a coragem para sair do carro: este era, sem dúvida alguma, um dos três prédios mais horríveis da cidade.

Os dois outros eram o Colégio Bunge, onde ele próprio havia concluído o ensino médio e esse tal de Mitter dava aula... e o prédio de apartamentos na Klagenburg, nº 4, onde Van Veeteren se refugiava havia seis anos.

Ele abriu a porta e procurou o guarda-chuva no banco de trás, quando lembrou que o havia colocado para secar na escadaria do prédio.

6

— Bom apetite!

A porta se fechou atrás do detetive. Mitter desviou o olhar. Com a exceção de seu ex-sogro e do professor de química e física Jean-Christophe Colmar, Van Veeteren devia ser a pessoa mais antipática com quem já havia cruzado.

E esse indivíduo encontrava-se em sua cela, mascando ininterruptamente um palito de dentes. Mitter teve vontade de confessar tudo de uma vez. Só para se livrar dessa cena.

Só para ter sua paz de volta.

Mas isso não seria tão simples assim. Van Veeteren certamente não se deixaria enrolar. Como uma ameaçadora e cruel frente fria, lá estava ele, sentado, o imenso torso curvado sobre o gravador. Tinha o rosto repleto de minúsculas veias azuis estouradas e suas feições eram tão expressivas quanto as de um sabujo petrificado. Nada se movia além do palito de dentes, revolvendo-se vagarosamente de um canto da boca a outro. Van Veeteren falava sem mexer os lábios, lia sem levantar ou baixar o olhar, bocejava sem abrir a boca... Parecia uma múmia, não um ser humano de carne e osso.

Mas não restava dúvida de que era um policial competente.

Não teria sido nenhuma surpresa, se o detetive tivesse sabido, antes mesmo do próprio Mitter, se ele era culpado ou inocente.

O tom de voz de Van Veeteren modulava entre dois quartos de tom imediatamente abaixo do dó menor. O tom mais alto caracterizava perguntas, dúvidas ou satisfação. O mais baixo concluía.

— O senhor não chegou a nenhuma novidade — constatou ele. — Por favor, poderia apagar o cigarro? Afinal, não vim aqui para ser envenenado.

Ligou o gravador. Mitter apagou o cigarro na pia. Foi para a cama e deitou-se de costas.

— Meu advogado me aconselhou a não responder às suas perguntas.

— Sério? Como queira, vou provar que é culpado de qualquer jeito. Seis horas ou vinte minutos, para mim, dá na mesma... Tenho um mar de tempo.

Ficou em silêncio. Mitter ficou prestando atenção no barulho do sistema de ventilação enquanto esperava. O detetive não se mexeu.

— Sente falta da sua mulher? — perguntou após alguns minutos.

— Claro.

— Não acredito.

— Tanto faz.

— Mais uma mentira. Se o que eu acho fosse realmente indiferente, por que o senhor mentiria de forma tão descarada? Que tal voltar para a realidade, homem!

Mitter não respondeu. O detetive voltou ao seu tom de voz baixo.

— O senhor sabe que tenho razão. Quer me convencer de que sente falta da sua mulher. Mas o senhor não sente e sabe que eu sei disso. Se dissesse a verdade, pelo menos não precisaria se envergonhar de si mesmo.

Aquilo não era uma crítica. Van Veeteren só estabelecia os fatos. Mitter continuou em silêncio. Olhava para o teto. Fechou os olhos. Talvez devesse seguir o conselho de seu advogado ao pé da letra. Se não abrisse a boca e evitasse qualquer contato visual, provavelmente essa seria a atitude correta...

Por detrás das pálpebras fechadas, outras coisas tornavam-se claras.

Outras coisas forçavam passagem. Sempre havia algo.

E será que, lá no fundo, Van Veeteren não tinha razão?

Não conseguia mais se livrar desta pergunta.

Afinal, será que a sua mulher não lhe fazia falta?

Ele realmente não sabia. Ela havia simplesmente entrado em sua vida. Havia arrombado uma porta aberta, continuara avançando e apossara-se dele. E como!

Apossara-se, assenhoreara-se... e, aí, desaparecera.

Foi isso mesmo que tinha acontecido?

Dava para colocar dessa forma e, se ele realmente começasse a expressar tudo em palavras, não teria mais volta... No 14º capítulo da sua vida, surgiu Eva Ringmar. Mais ou menos entre as páginas 275 e 300, ela desempenhou o papel principal, ofuscando o que estivesse ao redor; a sacerdotisa do amor... a grande paixão... e, aí, ela desapareceu; ela continuaria a ter alguma forma de sobrevida, por entre as linhas, durante algum tempo, porém desapareceria no esquecimento em breve. O amor deles havia sido tão forte, que estava condenado à ruína. Um episódio a fazer constar das atas? Um soneto? Um fogo-fátuo?

Acabada. Morta, mas não chorada.

Fim do necrológio. Fechar parênteses.

O detetive se mexia de um lado para o outro na cadeira. Mitter estremeceu.

Claro, era culpa... era aquela sensação de imobilidade, o estado de choque no qual se encontrava, que fazia com que pensasse assim. Que estraçalhava tudo e tornava impossível qualquer possibilidade de compreender o que acontecera. Até mesmo aquilo que estava se passando agora?

— Não tenho razão?

O detetive cuspiu o palito de dentes e tirou outro do bolso da camisa.

— Claro que tem. Estava de saco cheio dela e a afoguei na banheira. Por que sentiria falta dela, então?

— Isso mesmo. Exatamente o que eu havia pensado. Agora, outra coisa. Ela era bem fortinha, não era?

— Para que o senhor quer saber?

— Sou eu quem faz as perguntas. Ela era forte?

— Forte?

— Ela era forte? Fica mais fácil se eu repetir cada pergunta?

— Para que o senhor quer saber se era forte?

— Para poder excluir a possibilidade de que ela tenha sido afogada por uma criança ou um deficiente físico.

— Ela não era excepcionalmente forte.

— E como sabe disso? Já se pegaram?

— Por pura monotonia.

— O senhor se torna agressivo com facilidade, Sr. Mitter?

— Não, não precisa ter medo.

— Poderia enumerar seis candidatos?

— O quê?

— Seis pessoas que poderiam tê-la matado, caso realmente não tenha sido o senhor.

— Já dei várias sugestões...

— Gostaria de saber se o senhor se lembra dos nomes que deu.

— Não estou entendendo.

— Nem precisa.

— Obrigado.

— De nada. Posso explicar, me diga se estou indo rápido demais. Sete em dez casos, a mulher é morta pelo marido. Dois em dez, por um conhecido...

— E um em dez?

— Por um estranho qualquer... Um louco ou um assassino sexual.

— Quer dizer que o senhor não acha que um assassino sexual seja louco?

— Não necessariamente. E então?

— Os nossos inimigos comuns, é isso?

— Ou os de sua mulher.

— O nosso círculo de amizades não era grande... Eu já tinha dito isso...

— Eu sei. Após o casamento, o senhor abriu mão do contato com a maioria de seus supostos amigos... E aí? Seis nomes, e lhe dou um cigarro. Não é assim que fazem na escola?

— Marcus Greijer.

— Seu ex-cunhado?

— É.

— Que o senhor detesta. Próximo!

— Joanna Kemp e Gert Weiss.

— Colegas. Língua estrangeira e... estudos sociais?

— Klaus Bendiksen.

— Defina o *status*.

— Bom amigo. Andreas Berger.

— Quem é esse?

— O ex-marido dela. Mais algum?

O detetive assentiu.

— Uwe Borgmann.

— Seu vizinho?

— É.

— Greijer, Kemp, Weiss... Bendiksen, Berger e... Borgmann. Cinco homens e uma mulher. Por que logo eles?

— Não sei.

— Anteontem o senhor me deu uma lista com... — tirou um papel e contou rapidamente — 28 nomes. Andreas Berger não consta dessa lista, todos os outros estão nela. Por que o senhor escolheu exatamente esses seis?

— Porque o senhor me pediu.

Mitter acendeu um cigarro. O detetive não tinha mais o controle total da situação, ele percebeu isso claramente... Mas talvez estivesse tentando descontrair um pouco, na esperança de que Mitter se abrisse.

Se abrir como?

Van Veeteren olhou, aborrecido, para o cigarro de Mitter, e desligou o gravador.

— Quero lhe dizer como estão os fatos. Recebi o relatório final da autópsia, que elimina categoricamente a possibilidade de suicídio. Restam, portanto, três possibilidades: primeira, o senhor a matou. Segunda, alguém da sua lista a matou, provavelmente um dos seis da última, ou então, alguém da primeira lista. Terceira, ela foi vítima de um assassino desconhecido.

Ele fez uma pausa, tirou o palito da boca e olhou para ele. Pelo visto, ainda não estava mastigado a contento, pois o empurrou novamente entre os dentes da frente.

— Pessoalmente, parto do princípio de que foi o senhor, mas devo confessar que não tenho muita certeza.

— Simpático da sua parte!

— Mas, para sua informação, tenho quase certeza de que o júri vai considerá-lo culpado. E quando prevejo veredictos, geralmente acerto.

Levantou-se. Colocou o gravador na maleta e chamou o guarda.

— Se seu advogado tentar convencê-lo de outra coisa, será apenas porque está tentando fazer seu trabalho... Mas é melhor não se iludir. E, agora, não quero mais incomodá-lo. Nos vemos no julgamento.

Por um momento, Mitter pensou que o detetive quisesse estender-lhe a mão, mas, naturalmente, não podia contar com isso. Van Veeteren virou-lhe as costas e ficou olhando, impassível, para a porta de aço, embora demorasse quase dois minutos até que o guarda finalmente aparecesse.

Como num elevador. Ou como se Mitter tivesse deixado de existir a partir do segundo em que Van Veeteren encerrara a conversa.

7

Elmer Suurna limpava com a manga da jaqueta uma mancha imaginária no tampo da mesa. Enquanto isso, deu uma olhada pela janela, ansiando pelas férias de verão.

Ou, pelo menos, pelas de fim de ano.

Mas estavam no mês de outubro. Suspirou. Desde que assumira a função de diretor do Colégio Bunge, há 15 anos, tinha apenas uma ambição. Dizem.

Sempre manter a sua linda escrivaninha brilhante e imaculada.

Quando jovem, como professor efetivo, ainda tivera outro objetivo: o que quer que façam, não se deixe abalar. Como diariamente e a cada hora que passava ele fosse absolutamente incapaz de se ater a essa máxima, Elmer Suurna resolveu tentar a sorte na liderança da escola. Tornar-se, simplesmente, diretor.

Isso teve seu preço; amigos, convites, anos; mas no mês em que completou quarenta anos, havia alcançado seu objetivo. Sentou-se atrás da escrivaninha e se animou com a previsão de um quarto de século de tranqüilidade imperturbável. Tudo o que exigisse alguma ação — protestos estudantis, despesas além do orçamento, alterações de currículos — poderia ser delegado a um dos coordenadores de ensino. A ele cabia polir sua escrivaninha de carvalho.

Após 15 anos polindo-a carinhosamente, aconteceu essa maldita história.

Passaram-se dias. Noites. Quase até mesmo madrugadas, mas parecia não ter fim. Agora, esse advogado nojento, jogado na poltrona de visitantes, lembrava-o um urubu faminto que havia visto durante umas férias de verão, no Serengeti.

A única pessoa que eu permitiria que ele defendesse, pensou Suurna, seria minha sogra.

— O senhor deve compreender, Dr. Rütter...

— Rüger.

— Perdão, Dr. Rüger, o senhor deve compreender que foram tempos difíceis para todos nós, difíceis e estafantes. Uma colega foi assassinada, um colega foi preso. Todos os dias, a polícia bate à porta. O senhor deve compreender que a nossa escola deve ser poupada de ainda mais incômodos.

— Mas é claro. Não precisa se preocupar...

— Creio não precisar enfatizar que, para os alunos, esta situação é absolutamente nefasta: jovens perdem rapidamente o senso de equilíbrio, Dr. Rüger. Temos que voltar à calma e retomar o trabalho. Afinal, eu sou o responsável aqui e não posso ficar olhando, de braços cruzados, como...

A porta se abriu cuidadosamente, e a cabeça de uma mulher de cabelos e óculos cor de malva apareceu.

— Quer que eu traga um cafezinho, Sr. Suurna?

Sua voz soava afável e ela falava com cuidado.

Como se suas palavras fossem de porcelana, pensou Rüger. Certamente tratava-se de uma professora do ensino fundamental que havia desistido de dar aulas.

— Por favor, Sra. Bellevue, seria ótimo.

Rüger decidiu não facilitar as coisas.

— Naturalmente compreendo sua preocupação. Eu mesmo tenho um filho que se formou nesta escola, há dez anos.

— É mesmo? Bem que eu já me havia perguntado...

— Ele se chama Rüger. Edwin Rüger. Portanto, obviamente sei que essa situação é muito difícil, mas devemos dar uma chance à justiça, o senhor não acha, Sr. Suurna?

— Claro, Dr. Rüger. Nem por um segundo deixei de partilhar essa opinião, ou o senhor achava o contrário?

Olhou rapidamente para a Sra. Bellevue, que acabara de sair da sala. Rüger perguntou-se se realmente havia percebido uma ligeira inquietação aqui ou se era sua imaginação.

— Nem por um instante... O senhor está me pedindo, apenas... uma certa discrição. Foi essa a sua intenção?

— Exatamente. Se o senhor me permite, gostaria de dizer que a nossa polícia não mostrou sua face mais digna neste caso. Ou seja, espero que ela tenha outra face melhor.

Ele espiou por cima dos óculos e experimentou dar um sorrisinho de cumplicidade. Rüger assoou o nariz.

— Quer dizer que o senhor representa... — começou o diretor, colocando três cubinhos de açúcar na sua caneca de plástico.

— Represento o Sr. Mitter. Mas o senhor há de convir que é do interesse da escola comprovar sua inocência.

Suurna estremeceu.

— Claro... Sem sombra de dúvida.

— É mesmo?

— Não me entenda mal... Mas qual é a sua opinião?

— Na verdade, sou eu quem faz as perguntas aqui. Para o senhor.

O diretor mexeu o café. Ajeitou a gravata. Olhou para fora da janela e mudou as canetas de posição sobre o tampo da mesa.

— O Sr. Mitter sempre foi um colega responsável e um professor muito bem conceituado. Ele está há quase tanto tempo quanto eu em nossa escola... Homem muito capaz... Independente. É difícil imaginar que... Não, não mesmo...

— E Eva Ringmar?

Aos poucos, as canetas iam voltando para a posição inicial.

— Não sei bem... Ela não ficou muito tempo conosco, aproximadamente dois anos... Mas, naturalmente, era uma pedagoga altamente qualificada. Posso fazer uma pergunta... O que o próprio Sr. Mitter diz de tudo isso?

— Como assim?

O diretor se contorcia.

— O que ele acha do caso?

— Inocente.

— Hum!... Claro... Nada de ato impulsivo ou algo parecido?

— Não. Nada parecido.

O diretor assentiu com a cabeça.

— E sua missão agora é...

— Encontrar duas ou três testemunhas.

— Testemunhas? Mas isso é impossível, ou não?

— Que testemunhem seu caráter, Sr. Suurna, pessoas que estejam dispostas a falar em favor do Sr. Mitter durante o julgamento... Que o conheçam, como ser humano e colega, e que possam dar uma imagem positiva e... naturalmente, de acordo com a verdade.

— Entendo.

— Pode até ser um aluno. O senhor seria ideal, Sr. Suurna.

— Na verdade, não creio...

— Ou alguém que o senhor sugira... Se o senhor puder me dar quatro ou cinco nomes, para eu ter uma escolha.

— E ele, quem ele escolheria? Não faria mais sentido ele dar os nomes?

— Mas é exatamente esse o problema... — O advogado bebericava cuidadosamente o café. Era ralo e cheirava ligeiramente a desinfetante. — O Sr. Mitter, como diria... está se reservando o direito de não dizer nada em defesa própria. Ele é contra... recrutar testemunhas. Devo dizer que entendo sua posição. Ele se dava muito bem com Sigurdsen e Weiss, mas eu não sei...

— Weiss e Sigurdsen? É verdade... Não, não tenho nada contra.

— Mas talvez também seria muito útil se alguém que não fosse tão próximo a ele desse um depoimento... Bons amigos sempre falam bem um do outro. Ninguém espera outra coisa.

— Entendo.

Rüger apertou os olhos e esvaziou a caneca.

— Para ser claro: gostaria de pedir-lhe... um colega, um dos alunos e... digamos, um dos representantes da diretoria... o senhor ou outra pessoa que considere conveniente.

— Falarei com Eger... É nosso diretor de ensino. Ele certamente não se oporá. Quanto aos alunos, não sei bem. Devo pedir toda a discrição possível. Talvez Sigurdsen e Weiss possam ajudá-lo quando falar com eles.

— Sou-lhe muito grato.

— Devo lhe dizer que estou... estamos todos, é claro... muito abalados com tudo que se passou. Alguns lidam melhor com isso do que outros e, naturalmente... o corpo docente está com os nervos à flor da pele. Mas, até agora, estamos conseguindo continuar com nosso trabalho. Por favor, pense nisso. Foi... e está sendo... um período muito difícil para todos aqui no colégio. Creio, no entanto, que estamos sendo capazes de mostrar aos alunos que também conseguimos cumprir com a nossa obrigação sob pressão.

— Entendo, Sr. Suurna. Tenho plena consciência do que tiveram que enfrentar. Quando o senhor acredita que poderei conversar com minhas testemunhas?

— Quando lhe conviria? Precisa me dar um pouco de tempo, de qualquer forma, só seria possível depois do fim das aulas. Não queremos sacrificar mais aulas do que já sacrificamos.

— Quinta-feira é a primeira audiência. As testemunhas de defesa dificilmente serão chamadas antes de terça ou quarta-feira.

— Tomarei as providências, Dr. Rüger. Amanhã à tarde, talvez?

— Perfeito.

— Eu o aviso.

Empurrou a cadeira para trás. Rüger lhe estendeu o cartão e dedicou-se à tarefa de sair da poltrona.

— Edwin Rüger... é, creio que me lembro. Um rapaz muito promissor. O que ele faz?

— Está desempregado.

— É mesmo? Bem... então, até breve, Dr. Rüger. Ainda posso lhe ser útil?

Difícil, pensou Rüger. Ele balançou a cabeça e assoou o nariz. O diretor Suurna curvou-se sobre o interfone e chamou a senhora malva.

— O senhor não tem guarda-chuva? — perguntou ela, enquanto atravessavam o corredor.

— Não — respondeu Rüger —, mas, talvez, eu compre um.

Não queria contar que tinha dois. Um estava em casa e outro, no carro. Enquanto atravessava o pátio molhado, perguntava-se quem o diretor lembrava. Um político envolvido em algum escândalo anos atrás, pensou... mas não era possível que se tratasse da mesma pessoa?

De qualquer forma, pelo bem de Mitter, ele esperava que o diretor não mudasse de idéia e decidisse depor. Estava convicto de que tal depoimento só traria alegrias para a promotoria. E ele próprio dificilmente teria coragem de impedir Suurna.

Nesse instante, perguntou-se quantas testemunhas a promotoria não teria encontrado atrás daqueles muros? Tinha a sensação de que, se realmente tivessem se empenhado, certamente teriam encontrado duas ou três.

No entanto, uma vez dentro do carro e à medida que o contorno escuro do Colégio Bunge ia desaparecendo em seu espelho retrovisor, seu pensamento voltou-se, principalmente, para um banho quente e uma revigorante dose dupla de conhaque.

Sua mulher contestava essa combinação como método eficaz para combater um resfriado, mas ele havia decidido não lhe dar mais ouvidos. Durante o café-da-manhã dos últimos três dias, havia se entupido de comprimidos amargos de vitamina que não lhe renderam sequer um vislumbre de melhora.

8

Por que não tinham vindo?

Esta pergunta lhe veio no dia seguinte, e ainda assim, somente no fim da tarde. As horas anteriores haviam se sucedido num transe vitrificado, numa confusão incompreensível, mas, da mesma forma que seus pensamentos conseguiram lançar âncora em algum lugar, também esta pergunta fincou-se ali.

Por que não davam notícias?

Mais uma noite se passou. E mais um dia.

Não acontecia nada. Ia trabalhar, dedicava-se aos seus afazeres, voltava para casa à noite... e, num passe de mágica, refez suas forças, conscientizando-se de que não precisava temer o encontro.

E aí, não aconteceu nada.

Uma semana mais tarde, aquela pergunta incompreensível ainda o incomodava. Acreditava que tudo se devia a um mal-entendido... Haviam-no procurado, mas não conseguiram encontrá-lo.

Tanto em casa quanto no trabalho.

Embora não lhe parecesse mais provável, por via das dúvidas, ficou em casa dois dias na segunda semana. Alegou estar com gastrite e permaneceu o tempo todo no apartamento.

Tudo para que o encontrassem, enfim.

Sentado em casa, durante esses dias, repensava o acontecido sempre de novo. E, de repente, tudo parecia fazer sentido. Toda a sua vida havia se direcionado para esta situação... se, pelo menos, tivesse percebido antes! Isso o teria poupado de tanta coisa. Se tivesse percebido que não havia outra solução. Subitamente, tudo lhe pareceu tão óbvio, que se surpreendeu com a própria cegueira.

Ela estava morta. Ele podia continuar vivendo.

E não acontecia nada.

Nenhuma voz desconhecida fazia perguntas ao telefone. Nenhuma figura sombria, vestida numa capa de chuva molhada, batia à sua porta. Nada.

Mas, afinal, o que estão esperando?

Volta e meia ficava atrás da cortina procurando carros suspeitos estacionados na rua. Ficava alerta para ouvir o discreto clique que denunciaria o grampo no telefone. Lia todos os jornais, e nada... nada que lhe servisse para vislumbrar pelo menos a sombra de uma explicação.

Era incompreensível.

Três semanas mais tarde, continuava incompreensível, mas ele havia se acostumado. A situação não era apenas desagradável. A incerteza também gerava uma leve comichão.

Esta certa comichão.

Acordou cedo na manhã da primeira audiência. Permaneceu longo tempo imóvel, em frente ao espelho do banheiro, sorrindo para a própria imagem. Ficava cogitando se devia ir ao Palácio da Justiça, sentar-se nos bancos reservados para o público e assistir a tudo.

Percebeu, entretanto, que estava indo muito longe com isso, estava abusando da sorte.

E por que abusaria de algo que, obviamente, estava do seu lado?

Enquanto dirigia para o trabalho, flagrou-se cantarolando.

Não havia sido ontem. Interceptou seu olhar no espelho retrovisor. E viu algo piscando ali.

E, enquanto esperava o sinal abrir, olhou de soslaio e viu como a mulher no Volvo ao lado virou a cabeça e sorriu para ele.

Engoliu e percebeu que estava tendo uma ereção.

9

Começou a sonhar durante as primeiras horas da manhã; quando a primeira luz do amanhecer espantou a escuridão de sua cela... É possível até que o carrinho com o café-da-manhã já estivesse rolando ruidosamente pelos corredores.

E ele conseguia se lembrar de tudo; talvez tivesse sido no exato momento em que acordara. Talvez tivesse até encontrado uma explicação para tudo se tivesse podido dormir mais alguns minutos. Talvez até alguns segundos teriam sido o suficiente.

No início, estava caminhando. Uma marcha desconsolada através de uma planície desértica, sem fim. Uma paisagem desoladora, sem cidades, sem árvores, sem aguaçais... Somente um solo ressecado e rachado. Fora os pequenos lagartos, de cor verde e preta, que caçavam entre pedras e rachaduras no solo, ele era o único ser vivo na paisagem.

Estava sozinho e carregava uma mochila disforme consigo, que fazia tamanha pressão sobre o ombro que lhe cortava a carne. Vagava a esmo, mas tinha consciência de que sua caminhada era importante. É possível que tivesse sabido mais no início, mas foi se esquecendo pelo caminho.

Mas não podia desistir, descansar, deixar-se ir... Devia continuar sofrendo, metro a metro, passo a passo. E o vento ganhava força, tinha que se curvar; a resistência tornava-se cada vez mais forte, o vento jogava-lhe areia e gravetos no rosto, e ele se curvava mais e mais e apertava os olhos...

E, de repente, ele se viu diante da casa. Uma casa grande e decadente, que lhe era estranha e conhecida ao mesmo tempo. Havia longas filas de pessoas que queriam lhe dar as boas-vindas. Elas se comprimiam contra as paredes do corredor; todas as pessoas possíveis; conhecia a todos e não deixava passar um... Muitos conhecidos, Bendiksen e Weiss, seu filho Jürg. Mas também outras pessoas, personalidades do mundo e da história: o Dalai Lama e Winston Churchill e Mikhail Gorbachev. Gorbachev recitava um poema em latim sobre a efemeridade das coisas e estendeu-lhe a mão... Todos lhe estendiam a mão e o levavam mais além... mais além, acompanhavam-no cuidadosamente, mas decididamente cada vez mais para o interior da casa, subindo a escada de caracol e através de corredores compridos e mal-iluminados.

Finalmente, chegou a um quarto que era mais escuro do que os demais, e soube, naquele momento, que havia chegado ao seu destino. O homem atrás da mesa baixa... reconhecia a mesa, era a sua... e certamente era um homem, era... devia ser... certamente era...

A lâmpada, que pendia do teto por um longo fio, tinha um abajur de metal chato e estava tão idiotamente baixa que só dava para ver as mãos e os antebraços que estavam sobre a mesa, mas talvez desse para reconhecê-los apesar disso? Era, era... era?

E o quimono de Eva estava sobre a mesa; imediatamente quis pegá-lo e colocá-lo dentro da máquina de lavar, mas algo o impediu de fazê-lo, embora não soubesse o quê, pois o homem na escuridão tinha mais medo do que ele próprio; por isso não podia mostrar o rosto, era... E, de repente, sentiu um enorme desconforto, uma coceira tomou-lhe o corpo, e a ânsia de sair correndo daquele quarto antes que fosse tarde; e acordou.

Acordou.

Era isso, enquanto se lembrava, teve a certeza de que nenhuma influência externa o tirara do sonho. O próprio quarto o expulsara. Nada mais.

Estava acordado. Sem volta. Respirava pesadamente porque Rüger havia lhe dado um sonífero. Quem sabe, sem o medicamento teria encontrado forças para permanecer por mais tempo no quarto... tempo suficiente para ter pelo menos uma idéia?

O quimono sobre a mesa não havia sido apenas um sonho, ele sabia disso... Era uma lembrança, um fragmento daquela noite... Naturalmente, não era um quimono autêntico. Era apenas uma imitação; ela o havia visto, no último verão, numa travessa no Levkes, e ele o havia comprado para ela... Numa das noites em que ficaram sentados na frente da taberna, até fechar, e depois passearam pela praia até em casa... E haviam se amado na praia, na escuridão negra e quente, e seguiram o resto do caminho nus, embora houvesse pessoas nas proximidades, porém a escuridão era tão incrivelmente compacta que não precisavam de nenhuma outra proteção. Apesar da claridade das estrelas, do céu que contava com uma miríade de estrelas cadentes e estrelas cadentes e estrelas cadentes. Desistiram de contar depois de terem pedido tudo que queriam.

Isso fazia... fez as contas... menos de três meses. E também poderiam ter sido 3 milhões de anos. Só agora se conscientizava de como o tempo passa irrevogavelmente. Não há volta. Levkes não voltará nunca mais, nem o Retsinan, nem o mendigo de olhos azuis... Nunca mais.

Por outro lado... Nem o resto.

Será que isso tinha importância?

Será que a vida tinha importância?

Era difícil reencontrar o equilíbrio agora.

Quem você é, na verdade, aparece nos momentos difíceis.

Os carros se aproximavam do lado de fora.

A portinhola abriu-se e a bandeja com o café-da-manhã foi empurrada para dentro. E a portinhola fechou-se novamente. Eram quase sete horas, havia dormido quase oito horas, e era a primeira vez que tinha conseguido dormir direto, a noite toda, em semanas. E hoje...

O que é que tinha mesmo hoje?

Só conseguiu lembrar depois de alguns segundos.

Hoje era a primeira audiência.

Deu uma mordida no pão e refletiu. Afinal, o que estava sentindo?

Uma certa tensão indolente?

O desejo de acabar logo com aquilo.

Ou talvez, simplesmente... nada?

10

A sala de audiências dava uma impressão quase gótica. A altura, a verticalidade, lembravam a sala de anatomia em Oosterbrügge. Os bancos para o público estavam dispostos em três dos quatro lados, em terraços, enquanto no quarto, elevados atrás de uma balaustrada marrom-escura, encontravam-se o juiz e os jurados. A luz natural que passava pela roseta de vidro sob a abóbada era escassa e, sem dúvida, aumentava a impressão de uma ordem mundial que caía perpendicularmente de cima para baixo e que, certamente, havia inspirado o idealizador da obra em meados do século passado.

Esta sala de audiências estava completamente lotada.

O maior grupo, talvez umas duzentas pessoas, era formado pelo público nos bancos de trás. A maioria era de alunos do Colégio Bunge. Mitter percebeu que ele seria a causa de um número recorde de faltas sem justificativa neste ano.

A imprensa também se encontrava nos bancos para o público. Todos os jornalistas estavam juntos na primeira fila, de pernas cruzadas, os blocos de anotações sobre os joelhos. Ou os blocos de desenho... Lembrou-se que era proibido fotografar. A presença em massa daquele grupo surpreendeu-o... mais de uma dúzia; isso significava que o país inteiro se interessava pelo seu caso. Que ele não representava um mero caso provinciano.

Sentados juntos, embaixo dos bancos destinados ao público, estavam ele e seu advogado, Rüger, que parecia estar melhor do resfriado. Além deles, o juiz Havel, o promotor Ferrati e juízes adjuntos, bem como outros juristas e membros do tribunal.

E o júri — composto de dois homens e quatro mulheres —, que se encontrava atrás de mais uma balaustrada, à direita do juiz, e tinha uma aparência benevolente; com exceção do segundo jurado da direita, um homem com as costas muito retas, uma prótese de braço e a testa franzida.

Além disso, ele descobriu uma mosca-varejeira enorme. Normalmente, ela permanecia no teto, exatamente sobre a cadeira do promotor, mas, de tempos em tempos, empreendia vôos pela sala que quase sempre tinham como destino uma das duas juradas sentadas ao lado do homem de testa franzida. Repetidas vezes, a mosca mirava no nariz dela e, embora fosse energicamente rechaçada a cada vez, ela fazia sempre novas tentativas obstinadas com o mesmo vigor das anteriores. Seu zumbido criava um contraste agradável com a voz estridente do advogado... comparável a um violoncelo e um címbalo mais ou menos, e sobressaía particularmente durante as pausas, enquanto o homem tomava fôlego.

De resto, este dia era extremamente triste.

Começou com o fato de que todos tinham que se levantar e sentar várias vezes, enquanto o juiz e o júri tomavam lugar. Depois, o juiz leu a acusação e Rüger declarou que o réu era inocente. Em seguida, o promotor teve a palavra, e falou, ininterruptamente, durante vinte minutos, concluindo que o réu, Janek Mattias Mitter, 46 anos de idade, nascido em Rheinau, residente em Maardam há 26 anos, professor de filosofia e história no Colégio Bunge desde 1973, em algum momento da madrugada de 5 de outubro matou, premeditadamente ou por imprudência, sua mulher, Eva Maria Ringmar, 38 anos, nascida em Leuwen, residente em Maardam desde 1990, professora de inglês e francês no citado colégio até a sua morte, tendo-a afogado na banheira da residência de ambos, à Kloisterlaan 24. O crime teria sido cometido sob a influência do álcool, mas nada, e ele repetiu, nada impede que Mitter seja responsabilizado por seu ato. A promotoria tinha a intenção de embasar essa afirmação com uma quantidade considerável de provas técnicas e declarações de peritos e de testemunhas de tal forma que, finalmente, os membros do júri e todos os demais estariam tão convencidos da culpa do réu que não haveria outro veredicto possível senão culpado.

Assassinato.

Ou, pelo menos, homicídio culposo.

Depois, foi a vez de Rüger. Ele assoou o nariz e explicou, durante uma hora e 12 minutos, que a promotoria estava equivocada em todos os sentidos, que o réu não havia assassinado a esposa, e que isso seria comprovado sem margem de dúvida.

Ao que se seguiu uma pausa de duas horas para o almoço. A mosca deixou os jurados em paz e foi tirar um cochilo no teto, os demais deixaram a sala em passo solene. Uma moça acenou para Mitter da galeria e este retribuiu com um cordial movimento da cabeça.

No porão do Palácio da Justiça, ele levou aproximadamente dez minutos para comer seu macarrão. O resto do recesso passou deitado num catre, de onde ficou olhando uma mancha de infiltração no teto, enquanto aguardava a continuação da audiência.

À tarde, só se apresentariam as chamadas provas técnicas. Uma série de policiais que desempenhavam diversas funções sentaram-se no banco das testemunhas, entre eles, Van Veeteren... e, além deles, um médico-legista, um clínico-geral, um médico-legal e um certo Wilkerson. Ele gaguejava e se auto-intitulava professor de toxicologia.

A galeria não estava mais tão lotada. Provavelmente, o diretor Suurna havia se inteirado da situação. A imprensa, por sua vez, continuava amplamente representada; os jornalistas estavam confortavelmente recostados. É possível que um ou outro também acabasse adormecendo ali, mas, pelo menos, ainda não tinha ninguém que estivesse incomodando com seu ronco.

Não era tão fácil reunir as declarações dos peritos sob um mesmo denominador comum. Ferrati e Rüger se digladiavam verbalmente, provocando, vez por outra, uma advertência do juiz Havel; ou um dos jurados queria saber algo sobre a descoberta de um fragmento de pele sob uma unha.

O próprio Mitter não precisou se manifestar e, quando a audiência foi suspensa, às 16 horas, ele já havia deixado de prestar atenção havia muito tempo. Desejava apenas três coisas: solidão, silêncio e escuridão.

No que diz respeito à pergunta sobre quem, afinal, assassinara Eva Ringmar, todos sabiam aproximadamente tanto quanto a mosca-varejeira.

11

Rüger chegou enquanto Mitter ainda estava tomando café.

— Tenho que falar com o senhor.

— É?

— O senhor não teria mais uma xícara?

Mitter chamou o guarda, que empurrou uma caneca pela portinhola.

— Ainda não se lembra de nada?

— Não.

— Tudo bem.

Rüger deixou-se cair na cadeira. Com os cotovelos apoiados, soprava o café.

— Gostaria de lhe pedir que... refletisse mais uma vez sobre seu depoimento.

Mitter mastigava seu sanduíche enquanto mirava o advogado com olhar inquiridor.

— O que o senhor quer dizer?

— O senhor tem que se decidir, se quer desistir ou não.

Mitter ficou em silêncio. Pensou um pouco. É possível que nada disso fosse estranho, na verdade...

— Como lhe havia dito — explicou Rüger —, não é necessário que o réu seja interrogado.

— O senhor havia dito que não era comum alguém...

Rüger concordou com a cabeça.

— Pode ser, mesmo assim, devo pedir-lhe para pensar melhor. Como estão as coisas agora, não vai fazer nenhuma diferença se o senhor não depuser.

— Como assim, não vai?

— Porque o senhor não tem nada a acrescentar. Não consegue nem falar em causa própria. Não consegue nem provar que o senhor realmente não a matou. A única coisa que consegue dizer é que não se lembra de nada, o que, convenhamos, não é nenhuma declaração arrasadora. Nesse sentido, não ganharemos nada, e é justamente esse o ponto central em torno do qual tudo gira.

Fez uma pausa e tomou um gole de café.

— E de resto? — perguntou Mitter.

— De resto, este café é um verdadeiro veneno para os nervos. Não dá para entender que eles ainda não tenham percebido... É, é, fica a dúvida se o senhor dará uma boa ou má impressão no tribunal.

Mitter acendeu um cigarro e roçou a barba por fazer.

O advogado continuou:

— É, essa é a questão. Ninguém saberá se realmente a afogou, por isso especularão. Ferrati fará de tudo para tirá-lo do sério. Havel consentirá com isso. Se Ferrati conseguir, talvez tudo estará perdido. Ele pode se tornar um bárbaro. E eu não posso garantir que, depois disso, conseguirei juntar seus pedacinhos...

Mitter deu de ombros.

— Afinal, a gente tem que dar um depoimento?

— Na verdade, não, mas o problema é que todo mundo dá... A impressão que fica é sempre melhor. Podemos dizer que o senhor não consegue, que a pressão foi demais. Uma sobrecarga psíquica, estado de choque etc. Conheço um médico que comprovaria isso ainda agora, pela manhã. Isso seria aceito no tribunal e não haveria como ser usado contra o senhor, eu lhe garanto. O que o senhor acha?

— E o que é que o senhor acha?

Rüger refletiu. Ou, pelo menos, fez de conta. Era inegavelmente estranho aparecer às sete e meia da manhã, na cela de seu cliente, sem que tivesse se decidido antes. Ele não queria ver Mitter testemunhando e ponto.

— Quero que desista — disse finalmente.

Mitter foi à pia e apagou o cigarro. Deitou-se na cama e fechou os olhos.

— Não farei isso, Dr. Rüger. Pode tirar isso da cabeça... E agora, volte para casa e lave as mãos, eximindo-se de qualquer responsabilidade.

Rüger permaneceu em silêncio durante algum tempo e respondeu:

— Como queira, Sr. Mitter. Como queira. Independentemente do que o senhor acha, vou fazer o possível. Nos vemos no tribunal.

Chamou o guarda e deixou a cela. Mitter abriu os olhos antes mesmo de a porta ter se fechado.

Ferrati estava de óculos nesse dia. Grandes lentes redondas numa armação de metal claro, que o assemelhavam a um lêmure de olhos bem abertos. Ou a um hipnotizador.

— Janek Mattias Mitter — começou.

Mitter assentiu com a cabeça.

— Por favor, responda às perguntas do promotor em alto e bom som — interrompeu Havel.

— Não ouvi nenhuma pergunta — retrucou Mitter.

Havel voltou-se para Ferrati.

— Por gentileza, repita a pergunta.

— O senhor é Janek Mattias Mitter? — corrigiu Ferrati.

— Sou — respondeu Mitter.

Algo parecido a uma risadinha fez-se ouvir na galeria, e Havel bateu com seu grande martelo sobre a mesa.

Ele já estava nervoso agora. Não era um bom início. Rüger assoou o nariz e fitou a ponta de sua caneta.

— Por favor, conte-nos quando conheceu Eva Ringmar.

— Foi... em setembro de 1990. No início do novo ano letivo.

— Qual a sua primeira impressão da Sra. Ringmar?

— Nenhuma.

— Nenhuma? Então, ela não lhe agradou?

— É possível que tenha agradado, sim.

— Mas o senhor não tem mais certeza?

— Não.

— Quando o senhor começou um relacionamento com a Sra. Ringmar?

— Em abril.

— De que ano?

— Deste ano.

— Poderia contar-nos como foi?

— Participamos de um seminário de fim de semana e conversamos muito. Convidei-a para ir ao cinema e, depois, ainda fomos beber alguma coisa.

— E, então, o senhor começou um relacionamento com ela?

— Sim.

— Os dois eram... solteiros?

— Sim.

— Posso perguntar desde quando estão juntos?

— Acho uma pergunta um tanto quanto idiota.

— Está bem. Quando decidiram se casar?

— Em junho. No início de julho, começamos a morar juntos e, no dia 10, nos casamos.

— E, em seguida, foram para a Grécia?

— Sim.

— Como uma espécie de lua-de-mel?

— Pode ser.

— Por que o senhor se casou? Espero que também não considere esta pergunta idiota, porque realmente gostaria de saber a resposta.

Mitter ficou em silêncio a princípio. Durante um momento, deixou de olhar para Ferrati e olhou para o júri.

— Eu fiz o pedido, e ela aceitou — respondeu finalmente.

— Poderia ser mais específico?

— Não.

Na galeria, soou um rumor, mas Havel não precisou intervir.

— Ambos já tinham sido casados uma vez — continuou o promotor. — Conhecem-se e iniciam um novo relacionamento. Casam-se três meses depois. Isso não lhe parece um pouco... apressado?

— Não.

— O senhor estava com pressa por um motivo ou outro?

— Não.

— Ela estava grávida?

— Isso ainda é um motivo hoje em dia?

— Posso lhe pedir para responder à minha pergunta?

— Não. Eva não estava grávida.

— Obrigado.

Seguiu-se uma curta pausa.

Ferrati voltou para sua mesa e leu suas anotações.

— Sr. Mitter, como descreveria seu relacionamento com sua mulher e seu casamento?

— O que gostaria de saber?

— O senhor era feliz? Arrependeu-se de ter se casado?

— Não, não me arrependi de nada, nem Eva. Tínhamos um bom relacionamento.

— Eram felizes?

— Éramos.

— O senhor amava sua mulher?

— Amava.

— Ela o amava?

— Sim.

— Fomos informados de um acontecimento ocorrido em 22 de setembro, portanto, 14 dias antes do assassinato. O senhor estava com sua mulher no restaurante Mefisto. Após a refeição, houve uma briga feia e sua mulher deixou o local... Interrogaremos testemunhas posteriormente. É verdade, Sr. Mitter?

— É.

— Qual foi o motivo da briga?

— Não quero responder a esta pergunta.

— O senhor está sendo acusado de assassinato, Sr. Mitter. Quero saber qual foi o motivo da briga!

— Realmente, não tem a menor relevância aqui.

— Não seria melhor deixar os jurados decidirem isso?

Mitter não respondeu. Ferrati, passados alguns segundos, continuou:

— Gostaria que constasse dos autos que o réu se recusa a informar o motivo da discussão no restaurante Mefisto, no dia 22 de setembro... O senhor ficou sentado ali, sozinho, depois de sua mulher ter ido embora... Posso perguntar durante quanto tempo?

— Não sei... Duas horas, talvez.

— Tenho o depoimento de seu vizinho. — Ferrati foi novamente para sua mesa e consultou mais uma vez suas anotações. — De um Sr. Kurczak, que afirma ter sido acordado por uma discussão em voz alta em seu apartamento, por volta de duas e meia. Foi quando o senhor voltou para casa, o que acha?

— É possível.

— E por que o senhor estava falando tão alto?

— Não me lembro mais... Devia estar bêbado.

— O senhor não se lembra mais.

— Não.

— O senhor não se lembra mais por que estava falando tão alto?

— Não.

— Mas o senhor sabe o motivo da briga no restaurante?

— Sei.

— O senhor admite ter brigado com sua mulher ao chegar em casa naquela noite?

— Admito.

— O senhor bateu nela?

— Não.

— Tem certeza ou não se lembra?

— Tenho certeza.

— Seu vizinho ouviu um barulho que se assemelhava a pancadaria.

— Ah, é?

— O senhor ameaçou sua esposa?

— Não.

— Tem certeza?

— Tenho.

— Kurczak afirma tê-la ouvido gritar... Eu cito: "Se você não contar, não respondo pelos meus atos." O que o senhor tem a dizer sobre isso?

— Que é mentira.

— Mentira? Por que seu vizinho mentiria?

— Ele se enganou. Jamais a ameacei...

— Então o quê?

Nesse ponto, Rüger protestou.

— Meritíssimo, meu cliente já declarou que não se lembra de nada. Não há motivo para a promotoria obrigá-lo a perder-se em especulações.

— Mantido — exclamou Havel. — Por favor, Sr. Ferrati, atenha-se a fatos que possam ser respondidos pelo réu.

— Com prazer — respondeu Ferrati e sorriu —, mas nem sempre é muito fácil dizer do que ele se lembra e do que não... Sr. Mitter, o senhor sabia que sua esposa estava com medo?

— Bobagem.

— Alguns dias antes de morrer, ela havia confidenciado a uma colega que tinha medo de que algo pudesse acontecer.

— Duvido. De que ela poderia ter medo?

— Posso lhe pedir para responder à minha pergunta?

— Não faço idéia. Por que não pergunta... a quem quer que tenha sido?

— Porque ela também não sabe dizer. Foi apenas uma rápida observação, mas ela teve a nítida impressão de que... sua mulher tinha medo do senhor.

— Ridículo.

— Creio que o júri pode decidir isso. Sua colega deporá na semana que vem... Portanto, o senhor não pode explicar por que sua mulher estava com medo?

— Não faço idéia.

— Como foi com sua primeira mulher, Irene Beck... O senhor batia nela?

— Ora, vá para o inf...

Mas Rüger foi mais rápido. Deu um pulo.

— Suposição!

— Sente-se — gritou Havel. — O que o senhor queria dizer, Sr. Ferrati?

— Irene Beck declarou que seu ex-marido... ou seja, o réu... bateu nela pelo menos duas vezes.

— Isso aconteceu pouco antes da separação. Eu só estava me defendendo... Ó céus! Ela não afirmou que...

— O senhor admite que bateu na sua primeira mulher ou não?

Mitter ficou em silêncio. Rüger levantou-se novamente.

— Meritíssimo, por que permite que a promotoria apresente fatos que nada têm a ver com o caso em questão?

A essa altura, Havel já estava fumegando.

— Sente-se agora! E a promotoria, por favor, esclareça o motivo destas perguntas.

Ferrati sorriu novamente. Pelo visto, ele sempre sorria quando se dirigia ao juiz Havel.

— Só quero deixar claro que o réu tende a ser violento.

Havel pareceu refletir.

— O réu, por gentileza, responda à pergunta — concluiu.

— Que pergunta?

— Se o senhor bateu ou não na sua primeira mulher.

Mitter hesitou um pouco, depois respondeu:

— Em 13 anos, dei-lhe dois tapas. Parece que não foi o suficiente.

Esta resposta provocou bastante tumulto entre a platéia, no entanto, com um simples olhar, Havel conseguiu restabelecer a ordem. Durante essa curta pausa, um assistente sussurrou algo no ouvido de Ferrati. O promotor concordou com a cabeça, foi na direção da mesa do juiz e perguntou-lhe algo que Mitter não conseguiu ouvir. Havel pareceu hesitar, mas acabou concordando.

Ferrati perguntou:

— Sr. Mitter, alguma vez usou de violência com seus alunos?

— Protesto! — exclamou Rüger, que parecia realmente indignado agora.

— Negado — retrucou Havel. — Por favor, responda à pergunta.

— Jamais — respondeu Mitter.

— Quer dizer que o senhor não recebeu uma repreensão depois de ter agredido um aluno... pelo que me consta, em março de 1983?

O rosto de Ferrati demonstrava sua satisfação. Mitter permaneceu em silêncio.

— O senhor não quer responder... Ou não se lembra?

— Realmente recebi uma repreensão.

— E, mesmo assim, o senhor afirma que jamais usou de violência com seus alunos?

— Não mereci a repreensão... Eu era inocente, exatamente como neste caso.

A reação do público fez-se ouvir. Desta vez, ela foi tão veemente que Havel teve que fazer uso do seu martelo.

— Devo pedir ao público para permanecer em silêncio... e ao réu, para limitar-se a responder às perguntas que lhe são feitas, nada mais.

Neste ponto, Rüger intercedeu:

— Meritíssimo, creio que já seja o suficiente. Há algum tempo, a promotoria vem fazendo perguntas absolutamente irrelevantes... e seu intuito é óbvio: difamar o réu, uma vez que não tem nenhuma prova. Se é para dar continuidade ao depoimento, peço que as perguntas sejam pertinentes ao caso.

Havel deu, por um momento, a impressão de que acabaria batendo com o martelo na cabeça de Rüger, mas voltou-se para Ferrati e disse:

— Peço a gentileza de ser mais objetivo.

— Com muito prazer.

Mais uma vez, Ferrati sorriu cordialmente, desta vez, voltado para o júri. As duas juradas prontamente retribuíram o sorriso.

— Sr. Mitter, o senhor afogou sua esposa?

— Não.

— Como o senhor sabe disso?

— Porque... eu não a afoguei.

— O senhor quer dizer que não a assassinou porque não a assassinou?

Mitter concedeu-se dois segundos de reflexão antes de responder. Depois, ele disse, calma e prudentemente:

— Não, eu *sei* que não a matei porque não a matei... Da mesma forma que o senhor *sabe* que não está usando uma calcinha rendada hoje porque não está usando uma... hoje.

A galeria veio abaixo. Ferrati sentou-se. Havel batia inutilmente na mesa. Rüger balançava a cabeça. Mitter, por sua vez, levantou-se dignamente e agradeceu os aplausos curvando-se diante da platéia.

De repente, não poderia estar de melhor humor, embora sentisse falta de um cigarro. E, mesmo assim, sua observação seguinte surpreendeu-o tanto quanto aos demais.

— Confesso tudo! — gritou. — Por um cigarro!

Quando o juiz Havel finalmente conseguiu se fazer ouvir, anunciou:

— Vinte minutos de pausa! A promotoria e a defesa, na minha sala!

E com um estrondo do martelo, ele pôs fim a esta parte da audiência.

12

— Com licença.

Van Veeteren esquivou-se de dois jornalistas e se espremeu dentro da cabine telefônica. Fechou a porta atrás de si para não precisar ouvir os palavrões e protestos... Quem eles pensavam que eram? O poder público certamente tinha precedência sobre a imprensa!

Enquanto o telefone chamava do outro lado da linha, ele ficou mirando o rosto grotesco que o encarava da superfície brilhante sobre o aparelho. Levou alguns segundos para compreender que se tratava do próprio reflexo. Obviamente, algo estava diferente do que de costume, e ele ainda precisou de mais alguns segundos para compreender o que era.

Estava sorrindo.

Os cantos da sua boca estavam elevados numa generosa curva, o que lhe dava uma aparência de ligeira loucura.

Como um gorila fazendo mímicas, pensou Van Veeteren sombriamente, sem servir-lhe de consolo. O sorriso simplesmente estava lá e, no íntimo, também sentia uma vibração, um ronronar surdo, e tudo aquilo junto devia estar provocando uma profunda satisfação. Uma satisfação intensa e agradecida.

Realmente, raras vezes deparara-se com algo tão cômico. Imaginar o promotor Ferrati em calcinha rendada era, simplesmente, uma imagem impagável, que ele jamais conseguiria esquecer. Sem dizer a absoluta satisfação que sentiria ao encontrar-se com Ferrati na segunda-feira de manhã e pudesse lhe perguntar:

— Bom-dia, Sr. Promotor. E qual é a cor da calcinha hoje?

Impagável. Enquanto continuava ali fitando o gorila, percebeu que sua situação poderia ser descrita como de quase felicidade.

Pelo menos, para seus parâmetros.

Essa felicidade seria efêmera, sem dúvida, mas estava lá.

Agora, tratava-se de Münster. A partida de *badminton* tinha que ser cancelada. Ele podia botar a culpa no pé.

— É esse maldito tempo. Ainda não estou em condições. Lamento, mas não vai dar mesmo.

Münster compreendeu. Não havia problema. Ele também poderia encaixar uma rodada com o aspirante a detetive Nelde... O detetive não precisava se preocupar.

Não precisava se preocupar? Mas esse realmente não era o problema. Por que me preocuparia? Quem o cara pensa que é?

Mas aí teve que pensar novamente no verdadeiro motivo.

Ou seja, que ele simplesmente não estava com vontade de trocar o tribunal pela quadra. Pelo menos, ainda não.

Mitter.

Esse cretino do Mitter.

Mais uma vez, sentiu aquela vibração, mas conseguiu fazê-la parar. Este caso, realmente... Nesta manhã, ele tinha vindo, na verdade, porque não estava com vontade de pegar nenhum caso novo. Sobre sua escrivaninha, aguardava um piromaníaco, bem sabia, mas se havia algo que ojerizava eram os piromaníacos.

Ele tinha planejado ficar ouvindo algumas horas apenas. Só para ver o que o professor tinha a dizer no banco das testemunhas... no banco das testemunhas e na confrontação com Ferrati. Apenas ficar ouvindo, até a hora do *badminton* e do almoço.

E agora, estava preso. Não conseguia se libertar. Pelo menos, ainda não, como já disse. Não era o caso da calcinha rendada que o prendia. Não, havia outro motivo. Ainda antes de começar o palavrório e da pausa, percebeu que deveria ficar e observar o desenrolar dos fatos... Não que acreditasse que Mitter ainda tinha uma chance, não era esse o caso. Ele tinha certeza de que Mitter terminaria sendo condenado.

Mas ele era culpado?

Será que esse professor desatinado realmente tinha empurrado a cabeça da mulher para baixo da água e a segurado ali, até que morresse?

Dois minutos? Não, não teria sido suficiente... Três, três e meio...

Van Veeteren tinha suas dúvidas. E não gostava nem um pouco de dúvidas.

E será que Mitter estava no seu juízo perfeito?

No momento do assassinato, com certeza.

Mas e agora?

O senhor não está usando calcinha rendada... hoje.

Confesso tudo por um cigarro!

Na frente do juiz e dos jurados. O máximo!

E... finalmente. Se Mitter não matou a mulher, quem matou?

Ficou pensando no que Reinhart dissera uma vez, que não havia duas profissões mais parecidas que a de professor e a de ator.

Talvez a de policial e a de lutador na lama, pensou Van Veeteren, e abriu caminho para seu lugar na galeria.

13

— Peço a gentileza de nos contar tudo que consegue se lembrar da noite e da madrugada de 4 a 5 de outubro.

Inicialmente, Havel havia alertado a todos os presentes que podiam contar com mais interrupções e até com a exclusão do público caso não houvesse silêncio. Mesmo assim, o murmurinho na galeria indicava a tensão da expectativa pela resposta de Mitter.

— Por onde devo começar?

— Do momento em que saiu do colégio.

— Pois não — Mitter tossiu discretamente. — Terminei às três e meia. Eva só tinha dado aula na parte da manhã, por isso não voltamos juntos para casa. Eu estava com o carro... Passei pelo Keen para comprar vinho...

— Quantas garrafas?

— Quantas? Uma caixa... Doze garrafas.

— Obrigado. Prossiga.

— Cheguei em casa por volta de quatro e meia. Eva já havia começado a preparar o jantar... um cozido, que comeríamos mais tarde. Ela fez uma pausa quando cheguei, e nos sentamos na varanda, com um copo de vinho e um cigarro. O tempo estava ótimo e ficamos pelo menos uma hora lá fora.

— Conversaram sobre o quê?

— Nada em particular... o colégio, livros...

— Não receberam visitas?

— Não.

— Algum telefonema?

— Só do Bendiksen.

— Quem é Bendiksen?

— Um bom amigo. Íamos pescar juntos no domingo. Ele queria esclarecer alguns detalhes.

— Quais?

— Não me lembro bem. A que horas partiríamos, acho.

— Nenhum outro telefonema?

— Não.

— E nenhuma visita mesmo?

— Não.

— Pelo menos, que se lembre?

Ferrati sorriu.

— É... que me lembre.

— Então, ficaram até... até cinco e meia no terraço.

— Aproximadamente.

— Quanto tinham bebido até aquela hora?

— Não sei. Talvez uma garrafa...

— Por pessoa?

— Não, juntos.

— Não mais?

— Pode ser...

— E depois? Por favor, continue.

— Fomos para a cozinha e terminamos de preparar o cozido. Depois, tomamos um banho.

— Um depois do outro...?

— Não, juntos.

— Prossiga!

— Depois, fomos ver televisão...

— O quê?

— O noticiário e um filme.

— Que filme?

— Não me lembro. Um francês dos anos 60, se não me engano... mas desligamos a televisão.

— E aí?

— Fomos jantar na cozinha.

— Que horas eram, então?

— Não sei. Oito e meia, nove, suponho.

— Como assim, supõe?

— A polícia me mostrou o programa de televisão para a noite em questão. Às oito horas começava um filme francês.

— Mas o senhor mesmo não consegue se lembrar?

— Não.

— Obrigado. Suponhamos que tudo isso esteja correto. Por volta das nove, o senhor e sua mulher estão à mesa, jantando... O que acontece então?

— Não sei.

— Não sabe?

— Não... Não consigo me lembrar de mais nada depois disso.

— O senhor não consegue se lembrar de mais nada naquela noite?

— Não.

— Mas o senhor disse à polícia que havia tido relações sexuais com a sua mulher...

— Sim...

— Essa declaração procede?

— Sim... mas os horários se cruzam.

— O que quer dizer com isso?

— Isso aconteceu durante o jantar.

Lá em cima, na galeria, alguém suspirou. Ferrati virou-se.

— É... quase que simultaneamente.

Mais uma vez, ouviu-se um murmúrio, e Havel alcançou o martelo. Mas não precisou nem ameaçar. Estava claro que tinha a situação sob controle.

— De que mais o senhor ainda se lembra? — perguntou Ferrati.

— De nada, eu já disse isso.

— De nada?

— É.

— Não se lembra de ter-se despido e ido para a cama... Ou da sua esposa querer tomar um banho?

— Não... Por favor, pare de me fazer sempre as mesmas perguntas.

— Mas, Sr. Mitter... O senhor está sendo julgado por assassinato. Creio que também seja de seu interesse que procedamos cuidadosamente. Só mais uma coisinha, antes de prosseguirmos com a manhã seguinte... Quanto o senhor havia bebido durante aquela noite?

— Não sei. Seis ou sete garrafas, talvez... juntos, quero dizer.

— De vinho?

— Sim.

— Mas na sua... refeição sexual, o senhor ainda não havia entornado sete garrafas, havia?

Alguém deu uma risadinha, e Rüger protestou.

— Negado — anunciou Havel. — Responda à pergunta.

— Não... acho que não.

— Posso concluir, então, que o senhor não foi dormir às nove horas?

— Não, não devo ter ido...

— De qualquer modo, o senhor deve ter estado bastante bêbado, ou o que o senhor acha, Sr. Mitter?

— Sim...

— Eu não ouvi! — interrompeu Havel.

— Sim, eu estava bêbado.

— O senhor também estava bêbado quando deu duas bofetadas na sua ex-mulher?

— Por que o senhor quer saber?

— O senhor realmente não percebe? — Ferrati riu.

— Protesto! — exclamou Rüger, mas não conseguiu se impor.

— Sim, eu também estava bêbado, então — admitiu Mitter. — Mas embriaguez não é crime, espero.

— Absolutamente — respondeu Ferrati, cordialmente. — E sua mulher, Eva Ringmar, também estava bêbada?

— Sim.

— O senhor costuma se exceder quando bebe, Sr. Mitter? Sua esposa tinha mais de 30 decigramas por litro de sangue.

— É, já aconteceu antes.

— É verdade que sua mulher já teve problemas de alcoolismo antes?

— Protesto! — interviu Rüger novamente.

— Por favor, reformule sua pergunta — solicitou Havel.

— Sua mulher já havia sido tratada por problemas de alcoolismo? — precisou Ferrati.

— Sim, há seis anos... Por vontade própria. Concomitante com acontecimentos extremamente trágicos... Acho que...

— Obrigado, isso é suficiente. Sabemos o que aconteceu. Do que se lembra depois?

— O quê?

— De que se lembra depois do cozido e do coito?

— De ter acordado.

— Quando?

— Às oito e vinte... da manhã.

— Conte-nos o que fez então.

— Levantei... e encontrei a Eva no banheiro.

— O que aconteceu com a porta... a porta do banheiro, quero dizer?

— Estava trancada. Eu a abri com uma chave de fenda.

— Foi difícil?

— Não, nem um pouco.

— O senhor abriu a porta por fora sem qualquer dificuldade. O senhor não poderia tê-la trancado por fora também?

— Protesto! A promotoria está coagindo o ré...

— Negado. Responda a esta pergunta!

— Eu... eu suponho que sim.

— Então, o senhor teria podido afogar sua mulher e trancar a porta por fora?

Rüger já estava pronto para interceder mais uma vez, mas Havel levantou ameaçadoramente um dedo.

— Por favor, Sr. Mitter, responda à pergunta.

Mitter umedeceu os lábios.

— Certamente — respondeu com voz serena. — Mas eu não fiz isso.

Ferrati permaneceu alguns segundos em silêncio. Então, virou-lhe as costas como se não conseguisse mais suportar o olhar do réu. Ao retomar a palavra, baixou seu tom de voz e falou compassadamente, como se discutisse com uma criança. Como se tentasse incutir-lhe algum juízo.

— Sr. Mitter, o senhor não se lembra de nada daquela noite... Mesmo assim, afirma não haver assassinado sua esposa. O senhor teve um mês para refletir sobre este caso e devo confessar que esperava mais lógica de um professor de filosofia. Por que o senhor não quer, pelo menos, admitir que não sabe mais se a matou ou não?

— Eu não teria conseguido esquecer isso.

— Como?

— Eu não teria conseguido esquecer se tivesse afogado minha mulher. Não consigo lembrar-me disso... *ergo* não a matei.

Rüger assoou o nariz. Possivelmente para desviar a atenção da última declaração de Mitter. Mas não conseguiu, pois Ferrati a repetiu, embora um pouco distorcida. Aproximou-se dos jurados e explicou com veemência:

— Não me lembro, portanto sou inocente. Posso pedir às senhoras e senhores do júri que tenham em mente essas palavras? O que os senhores acham? Vejo que já sabem a resposta; esta declaração é mais leve do que o ar. E o mesmo vale para a defesa. Ar quente, nada mais que ar quente.

Voltou a olhar para Mitter.

— Sr. Mitter, pela última vez... Por que não quer admitir que matou sua esposa, Eva Ringmar, por afogamento na banheira? Por que essa obsessão?

— Posso chamar-lhe a atenção para o fato de que eu já havia confessado antes da pausa? — perguntou Mitter. — Quem é o obcecado aqui?

Essa resposta obviamente recebeu a aprovação do público, de forma que Havel teve que fazer uso do martelo.

Ferrati aproveitou a oportunidade para se consultar com o assistente e atacou Mitter uma última vez.

— Diga o que fez enquanto esperava pela polícia.

— Eu... fiz uma arrumação.

— O que fez com as roupas que o senhor e sua mulher vestiam na noite anterior?

— Eu as lavei.

— Onde?

— Na máquina.

Ferrati tirou os óculos e colocou-os no bolso da jaqueta.

— Enquanto sua mulher se encontrava morta na banheira e a polícia não chegava, o senhor aproveitou para lavar roupa?

— Sim.

Mais uma pausa.

— Por que, Sr. Mitter, por quê?

— Não sei.

Ferrati deu de ombros. Colocou-se atrás de sua cadeira. Abriu os braços.

— Meritíssimo, não tenho mais nenhuma pergunta para o réu.

Havel olhou para o relógio.

— Falta meia hora para o recesso do almoço. A defesa precisa de quanto tempo?

Rüger levantou-se e se aproximou.

— É suficiente para mim. Meu cliente está sob intensa pressão psíquica, por isso não quero prolongar as coisas... Sr. Mitter, e a porta do apartamento? Ela estava trancada na noite em questão e nas noites seguintes?

— Ela não estava trancada. Nunca trancamos... nunca trancávamos a porta quando estávamos em casa.

— Nem mesmo à noite?

— Não, nunca.

— E a porta do prédio... a que dá para a rua?

— Ela deveria ser trancada, mas, desde que moro lá, isso nunca aconteceu.

Rüger ergueu uma folha de papel e virou-se para Havel.

— Tenho, aqui, a declaração do síndico, que confirma que a porta do edifício 6 de Kaniken não foi trancada na noite em questão... Sr. Mitter, isso não significa que, na verdade, qualquer um poderia ter entrado no seu apartamento na madrugada de 5 de outubro e assassinado a sua mulher?

— Verdade, parto desse princípio.

— Suponhamos que o senhor tenha adormecido por volta de, digamos, dez horas, existe até a possibilidade de sua mulher ter deixado o apartamento...

— Pura especulação! — gritou Ferrati. Havel simplesmente concedeu-lhe apenas uma olhadela.

— Não acredito — disse Mitter.

— Não, mas isso não exclui a possibilidade.

— Não...

— Quais eram os conhecidos, homens, de sua mulher?

— Como assim?

— Além do senhor, ela deve ter conhecido outros homens... Estavam juntos há, apenas, meio ano. Ela se separou há seis anos de seu primeiro marido, Andreas Berger. O senhor sabe que outros relacionamentos ela teve depois?

— Nenhum — respondeu Mitter laconicamente.

Rüger estava perplexo.

— Como o senhor sabe disso?

— Porque ela me contou.

— Eu o entendi bem? O senhor afirma que sua mulher não teve nenhum relacionamento com outro homem durante seis anos?

— Isso mesmo.

— Ela era uma mulher bonita, Sr. Mitter. Como é possível? Seis anos?

— Ela não teve outros homens. Deu para entender? Pensei que fosse meu advogado... Meritíssimo, eu tenho o direito de interromper este interrogatório?

O juiz Havel pareceu desconcertado por um momento, mas, antes mesmo de poder tomar uma decisão, Rüger havia retomado a palavra.

— Perdoe-me, Sr. Mitter, só quero que o júri também veja a situação claramente. Permita-me retomar essa pergunta mais uma vez. Sua mulher, Eva Ringmar, é descrita como uma mulher bonita e atraente. Mesmo que ela não quisesse um relacionamento, deve ter havido homens que... se interessaram por ela.

Mitter não respondeu.

— Pelo menos, antes de o senhor entrar em cena... Como era no colégio, por exemplo?

Estava claro que Mitter não tinha nenhuma intenção de responder. Encostou-se na cadeira e cruzou os braços sobre o peito.

— Isso o senhor terá que perguntar para outras pessoas, Sr. Rüger... Não tenho mais nada a dizer sobre isso.

Rüger hesitou um momento antes de prosseguir com a pergunta seguinte.

— E a discussão no Mefisto, mencionada pela promotoria, não tinha nada a ver com outro homem?

— Não.

— Tem certeza?

— Claro.

De repente, Ferrati interveio.

— O senhor é ciumento, Sr. Mitter?

— Silêncio! — gritou Havel. — Esta pergunta deve ser desconsiderada. O senhor não tem o direito de interromper agora, isso realmente foi...

— Mesmo assim, eu posso responder à pergunta — sobreveio Mitter, e Havel se calou. — Não, não tendo ao ciúme mais do que qualquer outro... E Eva também não era assim. E nenhum de nós tinha motivo para tal. Não estou entendendo por que meu advogado quer, a todo custo...

Havel suspirou e olhou para o relógio.

— Por favor, procure ser breve se ainda tiver mais perguntas — Havel disse a Rüger.

O advogado concordou.

— Naturalmente. Só mais uma pergunta, Sr. Mitter. Tem certeza absoluta que a sua mulher não mentiu para o senhor?

Mitter parecia encenar uma pausa antes de responder.

— Absoluta — confirmou.

Rüger deu de ombros.

— Obrigado, isso é tudo.

Ele está mentindo, pensou Van Veeteren. Esse homem está mentindo, e vai acabar indo para a cadeia com as mentiras que inventa.

Ou então... ou então está dizendo a verdade por absurdo?

Vai se saber. E para quê, afinal? Se ele não sente falta dela, por que a defende como se ela tivesse sido uma abadessa?

E, enquanto abria caminho por entre os jornalistas, decidiu esquecer o piromaníaco por mais meio dia.

14

Por que justamente a mãe?

Ele próprio não sabia. Talvez fosse apenas uma questão de geografia. A Sra. Ringmar morava em Leuwen, uma velha comunidade de pescadores na costa. Isso significava um passeio de meia hora por uma região de pôlderes, provavelmente justo aquilo de que estava precisando. Muito céu, pouca terra.

Chegou a Leuwen quando o relógio da pequena prefeitura batia três horas. Estacionou o carro na praça do mercado e perguntou o caminho.

O ar cheirava a mar.

A mar, vento e sal. Se quisesse, poderia lembrar-se dos verões de sua infância, mas não viu motivo para tanto.

A casa era pequena e branca. Espremida entre galpões, casas de barcos e suportes para redes. Ele se perguntou se aqui haveria alguma possibilidade de se manter a privacidade. As pessoas praticamente moravam na cozinha do vizinho e, com certeza, cada quarto era circundado por ouvidos atentos.

Quanto mais alto o céu, menor o homem, pensou e olhou para o relógio. Afinal, por que tinha que haver gente por toda parte?

A mulher que o fitava pela fresta da porta era pequena e magra. Seus cabelos eram curtos e ralos e completamente brancos, seu rosto parecia bastante reservado. Van Veeteren conhecia esse rosto de tantos outros idosos. Talvez fosse simplesmente por causa da dentadura... Como se há trinta anos ela tivesse abocanhado algo e, desde então, se recusasse a soltar, pensou.

Ou haveria algum outro motivo no caso desta senhora?

— Pois não?

— Sra. Ringmar?

— Sim.

— Meu nome é Van Veeteren. Falamos ao telefone.

— Por favor, entre.

Ela abriu a porta o suficiente para ele conseguir se esgueirar por ela com dificuldade.

Levou-o à sala de visitas. Indicou-lhe o sofá no canto. Van Veeteren sentou-se.

— Acabei de colocar água para o café. O senhor toma café, não toma?

Van Veeteren confirmou.

— Com prazer. Se não for incômodo.

Ela desapareceu na cozinha. Van Veeteren olhou em redor. Paredes baixas e uma sensação de atemporalidade. Com exceção da televisão, certamente nada havia sido acrescido desde os anos 50. Sofá, mesa e poltrona de teca, uma cristaleira, uma pequena prateleira com livros. Muitos potes de flores no parapeito... provavelmente, para impedir a passagem de olhares curiosos. Algumas pinturas com motivos marinhos... e fotos de família. O casal de noivos. Duas crianças. Um menino e uma menina. Pareciam ter a mesma idade, a menina devia ser Eva...

A Sra. Ringmar trouxe café.

— Meus pêsames, Sra. Ringmar.

Ela agradeceu com um movimento da cabeça e mordeu os dentes mais ainda. Van Veeteren teve que pensar em um arbusto que se enraíza nas fendas dos rochedos.

— A polícia já esteve aqui.

— Eu sei. Meu colega, Münster. Não quero lhe causar nenhum incômodo, mas ainda tenho algumas perguntas, apenas para termos um panorama mais completo.

— Por favor, pergunte. Já estou acostumada.

Ela ergueu o bule de café e empurrou a tigela de biscoitos para Van Veeteren.

— Então, o que o senhor quer saber?

— Algo sobre... a infância de Eva, de certo modo.

Mas por quê?

— Nunca se sabe, Sra. Ringmar.

Por algum motivo, ela parecia se satisfazer com essa resposta e começou a falar, sem esperar por outro incentivo.

— Estou só agora, entende... O senhor é detetive?

Van Veeteren confirmou.

— Não sei se o senhor consegue entender, mas, de alguma forma, eu tinha pressentido isso. Eu sabia que, no final, eu ficaria sozinha.

— Seu marido?

— Faleceu em 1969... E foi melhor assim. Perto do fim... ele não era mais o mesmo. Ele bebia, mas acabou morrendo de câncer.

Van Veeteren empurrou um biscoito pálido na boca.

— As crianças não sentiram falta dele, embora não fosse má pessoa. Só lhe faltava determinação. Isso acontece com muita gente, não é mesmo, Sr. Detetive?

— Qual era a idade das crianças... Se a entendi bem, a senhora está falando de Eva e de um filho?

— Quinze anos. São gêmeos... Eram gêmeos, ou como devo dizer?

Ela tirou um lenço do avental e assoou o nariz.

— O Rolf e a Eva... Sim, era uma dádiva terem um ao outro.

— Por quê?

Ela hesitou.

— Walter tinha... idéias bem antiquadas sobre a educação das crianças.

— Entendo. Ele batia nelas?

A senhora Ringmar assentiu. Van Veeteren olhou pela janela. Não precisava perguntar mais nada. Ele sabia o que isso significava, só precisava lembrar da própria infância.

Preso no sótão. Passos pesados na escadaria. Aquela tosse seca.

— O que aconteceu com seu filho... o Rolf?

— Emigrou. Ele se empregou em um navio quando tinha apenas 19 anos. Estou certa de que havia uma moça envolvida, mas ele nunca comentou... Era reservado... Um pouco como o pai. Espero que tenha mudado com o tempo.

Sua voz revelava algo... mas o quê, perguntava-se Van Veeteren. Que ela já havia aberto mão de tudo e, apesar disso, continuaria vivendo sua vida até o fim?

— A senhora vai à igreja, Sra. Ringmar?

— Nunca. Por que pergunta?

— Não tem importância. O que aconteceu com o Rolf?

— Ele se estabeleceu no Canadá. Eu não... não o vi mais desde a última noite que passou em casa.

Estava claro que, embora aquilo tivesse ocorrido há tanto tempo, ela ainda tinha dificuldades para contar.

— Mas imagino que ele tenha escrito.

— Duas cartas. Uma chegou em 1973, no ano em que ele se foi. A outra, dois anos mais tarde. Eu acho...

— Sim?

— Acho que ele estava envergonhado. Talvez tenha escrito para a Eva, pelo menos, ela dizia isso, mas nunca me mostrou nada. É possível que tenha falado só para me animar.

Permaneceram em silêncio por um tempo. Van Veeteren bebericou do café, e a senhora Ringmar ameaçou com os biscoitos.

— Quando foi que Eva saiu de casa?

— Meio ano depois do Rolf. Ela tinha passado nas provas finais do ensino médio e conseguiu um lugar em Karpatz. Era realmente talentosa. Estudou línguas e tornou-se professora de francês e inglês, mas o senhor já sabe disso, é claro...

Van Veeteren assentiu.

— É, depois ela casou com aquele Berger. Poderia ter até dado certo. Após alguns anos veio o filho, Willie... Foram anos felizes, creio, mas aí, aconteceu o acidente... Ele se afogou. Somos... somos uma família amaldiçoada, Sr. Detetive, soube disso toda a minha vida. Tem dessas pessoas... Simplesmente não dá... O senhor também acredita nisso?

Van Veeteren terminou seu café. Pensou brevemente no filho.

— É verdade, Sra. Ringmar, estou convencido disso.

Ela deu um sorriso nervoso. Van Veeteren reconhecia nela o tipo de pessoa que ainda consegue ter um prazer amargo na própria desgraça.

Do tipo: Tudo certo, Deus! Não Lhe disse? Não é de hoje que eu sabia disso, que o Senhor queria me tirar da jogada!

— Depois do acidente, eles se separaram, não foi isso?

— Foi. Os nervos da Eva tinham sido afetados... E o Andreas, naturalmente, não conseguia agüentar mais nada.

— O que a senhora quer dizer com isso?

— A perda do Willie e da Eva, que bebia, e simplesmente não... ela teve que ser internada... por meio ano, o senhor sabia?

Van Veeteren sabia.

— Pois é, é isso.

Ela suspirou. E, mais uma vez, não se tratava de uma resignação completa. Antes, tratava-se de uma calma estóica diante das adversidades da vida. De repente, Van Veeteren começou a sentir por essa pequena mulher, tão sofrida, um tipo de... simpatia; um sentimento com o qual ele não estava acostumado ou com o qual jamais contara. Ficou quieto um tempo e disse, então:

— Mas ela conseguiu se recuperar de novo, sua filha?

— Claro. Isso sim. Sempre achei que seu marido poderia tê-la ajudado mais, mas ela se recuperou, sim.

— A senhora tinha muito contato com a sua filha, Sra. Ringmar?

— Não, nunca fomos muito próximas... Não sei por que, mas ela tinha sua vida. Nunca me procurou para pedir ajuda, nem mesmo naquela época, quando... acho...

Calou-se. Pegou um biscoito e pareceu procurar na memória.

— O que a senhora acha, Sra. Ringmar?

— Acho que ela pensava que eu a havia deixado na mão, a ela e ao Rolf.

— Como assim?

— Porque eu não a protegi do Walter.

— A senhora então não fez isso?

— Tentei, mas talvez não tenha sido o suficiente. Não sei, Sr. Detetive... É difícil dizer.

Novamente, ficaram em silêncio. Van Veeteren limpou, cuidadosamente, algumas migalhas da mesa. Ele só tinha mais duas perguntas, na verdade, as duas perguntas que o levaram até lá.

— A senhora sabe se Eva chegou a conhecer algum outro homem... quero dizer, antes de Janek Mitter?

A senhora Ringmar balançou a cabeça.

— Não sei... Na verdade, acho que não. De qualquer maneira, nunca me contou... Mas isso também não era do feitio dela. Ela morou alguns anos em Gimsen, estava empregada numa escola católica para moças. Eu ligava uma vez por semana para ela, mas nunca chegamos a nos encontrar.

— Por que ela se mudou para Maardam?

— Não sei. Talvez por causa do emprego, acho que não era muito ao gosto dela dar aulas apenas para moças. Imagino que se assemelhasse demais a um convento.

— Entendo. E Janek Mitter, o que a senhora pode me dizer sobre ele?

— Nada. Nunca o vi... Minha filha me informou, através de uma cartão-postal da Grécia, que havia se casado.

— Isso a surpreendeu?

— Sim... Eu acho que sim. Mas também fiquei feliz... E aí, acabou deste modo.

E, mais uma vez, deu de ombros.

Como se a vida não lhe dissesse respeito, pensou Van Veeteren. Na verdade, não era um método tolo.

— Quer dizer que a senhora não sabe nada sobre a relação dos dois? Eva não lhe contou nada?

— Não. Creio que, depois de ter voltado da Grécia, nós apenas nos falamos duas vezes ao telefone. Aliás... numa delas, foi Mitter que atendeu... me pareceu simpático.

Quando alcançou a praça do mercado, começou a chover de novo. Duas feirantes cobriram os produtos com um plástico: legumes, uma miniatura de um viveiro de peixes e alguns potes de geléia caseira, provavelmente. Elas o cumprimentaram com a cabeça, mas foi tudo.

Ele colocou as mãos nos bolsos e levantou o colarinho. Ficou um tempo parado do lado do carro sem saber o que fazer. Estava apenas garoando, as gotas não alcançavam o chão, ficavam apenas flutuando como um véu úmido ao vento. Movimentavam-se de forma cuidadosa e delicada sobre os telhados baixos, sobre a discreta prefeitura caiada de branco, sobre a solitária torre da igreja... O único prédio que se elevava e ousava desafiar o céu.

A conversa que teve com a Sra. Ringmar não surtira o efeito desejado. Ele também não saberia dizer o que tinha imaginado, mas faltava alguma coisa...

Soltou a chave do carro. Deu uma olhada no relógio e andou na direção do mar. Passeou por um píer e ficou ali, do lado de fora, observando as ondas encapeladas que se quebravam repetidamente nos fundamentos de concreto. O ar era uma tríade de umidade, sal e guincho de gaivotas. De repente, reparou que estava com frio.

Algo, pensou. Há algo que não me deixa em paz.

Enterrou as mãos nos bolsos e caminhou de volta para a margem.

15

Ele havia pedido uma folha de papel e acabou recebendo uma pilha.

No alto, havia o nome dela, depois disso, uma única linha. Era tudo. Uma linha. Ele não tirava os olhos da linha.

Era uma formulação estranha. Sublinhou o *como*.

Como ela não me faz falta?

Também sublinhou o *não*.

Como ela *não* me faz falta?

Ainda mais estranho. Quanto mais olhava para a pergunta, tanto mais significativo se tornava seu conteúdo, e não vice-versa, como seria de se esperar. Sorriu e se concentrou, sem tirar o olho daquela frase um segundo sequer, enquanto, lá no fundo de seu subconsciente, a resposta já tomava forma.

Assim como não sinto falta dos tempos idos.

Assim como não cobiço o passado agora.

Se for absolvido ou se, algum dia, receber um indulto, pensou, irei visitar seu túmulo e me sentarei lá. Com um maço de cigarros e uma garrafa de vinho.

Culpa, castigo, perdão. Culpa, castigo, perdão. Que diferença faz se alguém é castigado por outra coisa?

Condenem-me! Que o castigo seja severo, mas que tudo isto acabe logo!

Deixou cair a caneta. Encolheu-se no catre, puxou os joelhos em direção ao tronco e colocou as mãos entre eles, como uma criança. Fechou os olhos e deixou as imagens aparecerem...

Dia 29 de junho, quinta-feira.

— Sabe o que me aconteceu hoje, Janek? — ela havia perguntado. — Recebi uma proposta de casamento.

Ele gelou e seu sorriso virou cimento.

— Isso mesmo. Enquanto estava esperando o ônibus, um desconhecido se aproximou e perguntou se eu não queria me casar com ele. Tem gente que aproveita qualquer oportunidade.

— E o que você respondeu?

— Que pensaria no assunto.

Eva também estava rindo, mas ele bem sabia que ela estava cheia de tesão e pronta para atacar.

— Vamos nos casar, Eva.

Foi assim que aconteceu.

Ele pressionou a testa contra a parede. Era agradável. A qualquer momento teria podido escolher ser absolutamente normal, era um ato de vontade pura, nada mais... escolher o mais tênue, o mais sólido e o mais cinzento fio de seu raciocínio e agarrar-se a ele como um padre cego.

Como assim ela não me faz falta?

Assim como não sentimos falta do insuportável.

Assim como um filhote de tigre não sente falta da própria morte.

Aquele homem.

Que existia. Que não existia.

Que ligava e desligava quando Mitter atendia o telefone.

Com quem ela conversava, quando ele não estava em casa.

Que não existia e que habitava os pesadelos dela. Que fazia com que dissesse:

— Janek, me perdoe, se eu morrer em breve! Me perdoe, me perdoe!

Aquele a quem ela sempre negava.

— Não existe outro homem, Janek. Não *existe* outro homem. Só existimos você e eu, Janek! Você tem que acreditar em mim, acredite, acredite!

Aquilo era de uma teatralidade tão absurda, que tinha que ser verdade. Pois é certo que sangue, dor e morte são verdades... Não mentiras. E quando seu sexo o envolvia, aquilo só podia ser verdade. Não havia perguntas. Devia ser força, não fraqueza. Culpa, castigo e perdão não tinham nada que ver aqui.

Esqueça-me! Vamos nos esquecer mutuamente quando não estivermos mais aqui! Se jamais poderíamos nos amar como se a morte não existisse?

Por que haviam brigado?

Sobre o que haviam conversado na varanda?

Bateu com a cabeça contra a parede. Ria com força e chorava.

16

— Poderia dizer-me seu nome completo?

— Gudrun Elisabeth Traut.

— Profissão?

— Professora de alemão e de inglês no Colégio Bunge.

— A senhora é colega de Janek Mitter e Eva Ringmar?

— Sim e não. Eu sou colega de Mitter e era colega de Ringmar.

— Claro. Vocês são... eram próximos?

— Não, eu não diria isso. Estou na escola há, aproximadamente, tanto tempo quanto o senhor Mitter, mas as disciplinas que lecionamos são diferentes. Nunca tivemos muito contato.

— E Eva Ringmar?

— Ela veio para a escola há dois anos, quando o Sr. Monsen se aposentou. Ambas dávamos aulas de idiomas.

— Eram próximas?

— Na verdade, não. Participávamos das mesmas conferências, às vezes aplicávamos as mesmas provas, substituíamos uma à outra em caso de doença... sempre fazemos isso lá.

— Mas, durante as horas vagas, a senhora não tinha nada a ver com ela?

— Com Eva Ringmar?

— É.

— Não. Nunca.

— A senhora sabe dizer se a Sra. Ringmar se encontrava com outros colegas... fora do horário das aulas, quero dizer.

— Não, acho que não... apenas com o senhor Mitter, claro.

— Claro. Sra. Traut, vou citar um fato que a senhora mencionou para a polícia. Trata-se da segunda-feira, dia 30 de setembro, cinco dias antes do assassinato de Eva Ringmar.

— O senhor está se referindo à conversa que tivemos na sala de professores?

— Isso mesmo.

— Pois não... Isso aconteceu depois da última aula. Eu tinha dado uma prova de alemão e passado um pouco da hora. Deviam ser 4h15 quando entrei na sala dos professores, onde também temos nossas escrivaninhas. Eu tinha certeza de que seria a última, mas, para minha surpresa, Eva Ringmar estava sentada à mesa dela. Geralmente, vamos direto para casa depois da última aula. Depois de seis ou sete horas, estamos tão esgotados que não queremos mais nem ver o trabalho, preferimos levar o necessário para casa e fazer o que falta à noite. Pois é, é assim que funciona...

— Entendo. Mas, nesse dia, Eva Ringmar ainda se encontrava lá?

— Ainda, mas não estava trabalhando. Tinha a cabeça apoiada nas mãos e estava olhando pela janela.

— Falou com ela?

— Falei, perguntei-lhe se não estava com vontade de ir para casa.

— O que ela respondeu?

— Primeiro, ela estremeceu, como se não tivesse percebido que eu estava ali. Depois, disse, sem olhar para mim... continuando a olhar pela janela... que tinha medo.

— Medo?

— Sim.

— A senhora consegue se lembrar das palavras exatas?

— Claro. Ela disse: "Que bom que é a senhora, Sra. Traut! Que bom! Estou com tanto medo hoje..."

— A senhora tem certeza de que foi exatamente isso que ela disse?

— Tenho.

— E a senhora fez algum comentário a respeito?

— Fiz. Perguntei-lhe se tinha medo de dirigir até em casa.

— E qual foi a resposta?

— Ela não respondeu. Disse apenas: "Ah! Não é bem isso", e pegou a bolsa e foi embora.

— Sra. Traut, a que conclusão a senhora chegou depois desse comentário? Qual foi sua primeira impressão?

— Não sei... Talvez tenha dado antes a sensação de resignação do que de medo.

— Seria possível que ela estivesse esperando outra pessoa e não a senhora? Sua resposta faz pensar isso.

— Sim, acho que é isso.

— A senhora teve a impressão de que a Sra. Ringmar estava contente de que tivesse sido a senhora quem entrou naquela hora e não outro colega?

— Foi essa a impressão que tive.

— E quem mais poderia ter sido?

— Há mais de uma possibilidade neste caso?

— A senhora quer dizer o réu?

— Sim.

Só agora, Rüger protestou.

— Peço que a última pergunta e a resposta que se seguiu sejam retiradas dos autos. A promotoria tenta manipular a testemunha. Especular sobre coisas que lhe são desconhecidas!

— Protesto negado — retrucou Havel. — Mas os jurados devem levar em consideração que, neste caso, a testemunha tirou conclusões sem ter provas. O senhor ainda tem perguntas para a testemunha, Sr. Promotor?

— Duas, ainda, Meritíssimo. A senhora saberia dizer, Sra. Traut, se Eva Ringmar tinha alguma relação extraprofissional com algum dos colegas, além do senhor Mitter, naturalmente?

— Não.

— A senhora chegou a ver algum outro homem com a senhora Ringmar, ou ouviu falar de outro homem durante esses dois anos?

— Não.

— Obrigado, Sra. Traut. Meritíssimo, sem mais perguntas.

Rüger nem fez menção de se levantar.

— Sra. Traut, a senhora sabe de alguma coisa que se refere à vida particular de Eva Ringmar?

— Não, eu não tinha...

— Obrigado. A senhora sabe algo sobre o relacionamento entre Ringmar e Mitter?

— Não.

— Caso tivesse havido algum outro homem na vida de Eva Ringmar, existiria ao menos a possibilidade de que a senhora tivesse vindo a saber disso?

— Não.

— Obrigado. É tudo.

— Nome completo e profissão.

— Beate Kristine Lingen. Trabalho como esteticista no Instituto Mĕtre, em Krowitz, mas moro em Maardam.

— Qual era a sua relação com Eva Ringmar?

— Posso dizer que era sua amiga, mas não nos víamos com freqüência.

— Como conheceu Eva Ringmar?

— Estudamos no mesmo colégio... em Mühlboden. Fizemos juntas a prova final do ensino médio. Depois disso, mantivemos contato por algum tempo.

— E depois?

— Perdemos contato. Nós nos mudamos para outras cidades... casamos etc.

— A senhora é casada, no momento?

— Não, estou divorciada há cinco anos.

— Entendo. E quando a senhora reencontrou Eva Ringmar?

— Quando ela se mudou para cá. Faz dois anos, mais ou menos. Foi por acaso, na rua, então marcamos um encontro. Começou assim, mas não nos víamos muito.

— Quantas vezes?

— Talvez uma vez por mês... Não, menos ainda. Devem ter sido dez ou 12 vezes durantes esses dois anos.

— E o que faziam?

— Quando nos encontrávamos? Ah, de tudo... Às vezes, ficávamos apenas na casa dela ou na minha; outras, íamos ao cinema ou a um restaurante.

— Iam dançar, também?

— Não, nunca.

— Trocavam confidências?

— Sim, pode-se dizer que sim... embora não fosse uma relação tão íntima.

— Sabe dizer se Eva Ringmar ainda tinha outras amigas ou uma amiga em especial a quem confidenciava tudo?

— Não, tenho quase certeza que não. Ela gostava de ficar só.

— Por quê?

— Acredito que seja por causa de tudo que ela passou... O acidente com o filho... Sim, o senhor deve estar a par.

— Estou. A senhora quer dizer que ela optou por uma vida bastante solitária?

— Talvez não uma vida solitária, ela simplesmente não sentia muita falta de pessoas ao seu redor. É, ela dizia isso de vez em quando.

— E quanto aos homens?

— Não acredito que ela tivesse algum... antes de Mitter, quero dizer.

— A senhora acha?

— Estou quase certa.

— Ela nunca mencionou alguém?

— Não.

— Mas certamente conversavam sobre homens?

— De vez em quando... Mas há temas mais interessantes.

— É mesmo? Bem... Durante esses dez ou 12 encontros, a senhora chegou a perceber algum indício de que ela tivesse um relacionamento?

— Não.

— E a senhora acha que teria percebido se ela tivesse um namorado?

— Teria, ela certamente teria mencionado...

— Ah, é?

— É, afinal ela me contou sobre o Sr. Mitter.

— Quando foi isso?

— Em maio, por volta do dia 10, se não me engano. Eu queria ir ao cinema com ela, mas ela não tinha tempo. Porque havia conhecido alguém, segundo me disse.

— Ela mencionou o nome dele?

— Claro.

— Desde então, falou com ela ou encontrou-se com ela?

— Sim, ela me ligou em meados de setembro. E disse que havia se casado. Queria encontrar-se comigo.

— E se encontraram?

— Eu estava justamente indo fazer um curso de duas semanas em Linz, por isso, prometi que ligaria assim que voltasse.

— Mas já era tarde?

— Já.

— Qual foi a sua impressão quando a senhora ligou para ela em setembro?

— Como assim, impressão?

— Algo lhe chamou a atenção? Ela lhe pareceu alegre... ou nervosa, ou diferente?

— Não... não houve nada que me chamasse a atenção.

— Ficou surpresa com o casamento dela?

— Fiquei, sim...

Uma pausa curta. Ferrati mexia em suas anotações. A mosca-varejeira acordou após quatro dias de sono profundo. Atirou-se sobre o grupo num sonoro vôo de reconhecimento, mas não encontrou nada que lhe interessasse e acabou voltando para o teto. O juiz Havel ficou observando o inseto enquanto secava a nuca com um lenço colorido.

— Sra. Lingen — recomeçou Ferrati —, durante os dois anos em que se relacionou com Eva Ringmar, alguma vez teve motivo para pensar que ela se encontrava com outro homem além de Janek Mitter?

— Não.

— Ela tinha, talvez... inimigos?

— Inimigos? Não, por que deveria ter tido?

— Obrigado, Sra. Lingen. Sem mais perguntas.

Rüger permaneceu sentado também desta vez.

— Sra. Lingen, o nome Eduard Caen lhe diz algo?

— Não.

— Nada?

— Não, nada.

— Tem certeza?

— Tenho.

Rüger levantou-se. Tirou uma folha de papel dobrada do bolso e entregou-a a Havel.

— Meritíssimo, peço permissão para apresentar a este tribunal uma lista de datas, nas quais Eva Ringmar se encontrou com Eduard Caen, entre 15 de outubro de 1990 e 20 de fevereiro de 1992... No total, 14 vezes. As datas estão em ordem cronológica e foram confirmadas pelo senhor Caen. Sem mais perguntas para a testemunha.

17

Ele acordou às 5h20.

Continuou deitado por um tempo e tentou pegar no sono novamente, mas não conseguiu. Lembranças e imagens do passado começaram a invadir sua mente, de forma que se levantou meia hora depois. Cobriu o pijama com uma camisa e uma calça e foi para a cozinha. Olhando pela janela, viu que a banca da praça ainda não estava aberta e sentou-se à mesa para aguardar...

Quando ela abriu, foi comprar o jornal. Não havia perigo algum, a mulher da banca o conhecia, e não era a primeira vez que aparecia ali ao raiar do dia.

Com o jornal do dia debaixo do braço, subiu as escadas, trancou a porta e abriu o periódico. Começou a procurar.

O artigo ocupava uma página inteira; leu-o duas vezes. Fechou o jornal, apoiou a cabeça sobre as mãos e pensou.

Amnésia?

Finalmente, percebeu que essa era a única resposta possível.

Amnésia?

A única e a correta. Mitter havia se esquecido dele. Estivera tão bêbado que simplesmente não conseguia mais se lembrar...

Reparou que os cantos da boca tremiam. Estava com sono agora, depois de ter se levantado tão cedo... Mas isso devia ser um sinal. Mais um sinal que demonstrava que estava no caminho certo. Estava livre e forte agora... Só precisava olhar adiante. Não havia o que temer. Um leão.

Sentiu seu diafragma se contrair.

Medo?

Será que a memória de Mitter poderia voltar algum dia?

Algo lhe deixou um gosto amargo na boca.

Tomou dois remédios para o estômago. Engoliu-os com água mineral. Voltou para a cama.

Já tinha um plano. Não tinha vontade de repassá-lo em detalhes. Ainda não era necessário. Não havia pressa... Podia aguardar o desenrolar dos acontecimentos. Sentiu aquela coceira, mas conseguiu reprimi-la. Ainda conseguia pensar em outra coisa. Em outra coceira.

Liz. Colocou a mão dentro da calça. Isso ainda estava por vir. Ele tinha rompido com o passado doentio. Na quarta-feira, teria um encontro com Liz. Sua mulher.

Ela o seduziria, havia visto em seus olhos... E ele permitiria. Ele permitiria tudo até o último momento, e aí tomaria a iniciativa e a penetraria até que gritasse extasiada. Por trás, pela frente e de lado.

Não havia mais Eva. Agora era Liz. Na quarta-feira.

18

— Por que, em nome dos céus, não sabemos nada sobre esse Caen?

Van Veeteren já estava xingando antes mesmo de Münster ter fechado a porta. Münster deixou-se cair na cadeira e colocou duas pastilhas para a garganta na boca.

— E aí?

— Pelo que sei, não tínhamos a intenção de passar seu passado pelo pente-fino... Não estou entendendo por que você ainda se interessa por este caso. Encontrei o chefe na cantina. Ele disse que já é hora de nos ocuparmos do piromaníaco.

— Münster, estou cagando para o que Hiller espera de nós. E se lhe interessa, o piromaníaco se chama Garanin, é russo e se tivermos alguém na cola dele no dia 12 já será o bastante.

— Por que exatamente no dia 12?

— O cara é lunático. E só põe fogo em noite de lua cheia. Verifiquei tudo hoje de manhã, também tenho o endereço dele, mas temos que pegá-lo com a mão na massa. E agora, voltando para Caen, o que conseguiu saber dele?

Münster pigarreou.

— Não falei com ele pessoalmente, enviei um *fax* hoje de manhã. A resposta deve estar chegando à noite, eles têm outro horário lá embaixo.

— É mesmo?

— Hum... É, e depois, fui ver o Rüger. Claro que ele não queria me dizer nada, por isso, dei-lhe algumas dicas no caso Henderson.

— Muito bem, Münster! Prossiga!

— O Caen era o analista dela. Ele cuidou dela em Rejmershus e ainda encontrou-se com ela depois que teve alta. Na verdade, Rüger não tem mais do que as datas dos encontros. A intenção dele era provar que a testemunha não sabia tanto sobre Eva Ringmar quanto afirmava saber.

— Isso é tudo?

— Ele ligou duas vezes para Caen, mas não acredita que a conversa seja relevante para o caso. E eu tendo a concordar com ele.

— Deixe que eu decida o que é importante ou não, Münster! O que mais você descobriu?

— Em março, ele se mudou para a Austrália. Por isso, deixaram de se encontrar... Ele tem uma clínica particular em Melbourne. Sua mulher vem de lá, deve ser por isso...

— O que ele disse sobre Eva Ringmar?

— Pelo visto, não muita coisa, mas acho que o Rüger também não insistiu muito.

Van Veeteren coçava a nuca com um lápis enquanto refletia.

— Rüger? Não, provavelmente não. Mas o que você escreveu no *fax*?

Münster se contorceu.

Agora ele deve ter feito alguma besteira, pensou Van Veeteren. Que o diabo o carregue, se ele tiver melado o caso.

— Pedi que confirmasse as datas e se prontificasse a falar por telefone... com você, Senhor Detetive-chefe. Se ele responder ao *fax*, pode ligar para lá amanhã de manhã.

Van Veeteren tirou um palito de dentes do bolso e examinou-o por um momento.

— Muito bem, Münster — elogiou, finalmente.

Münster corou.

Um marmanjo de mais de quarenta anos não deveria mais corar, pensou Van Veeteren. Principalmente, quando faz parte da polícia.

O que seja. Van Veeteren levantou-se.

— Agora, vamos jogar *badminton*.

E voleou algumas petecas a esmo no ar.

— Mas...

— Sem mas! Passe pelo Hiller e diga a ele que estamos trabalhando duro no caso do piromaníaco. Aliás, também temos que dar uma passadinha lá em casa. Tenho que dar uma olhada no vira-lata.

Münster suspirou discretamente. Quando o detetive-chefe fazia piadinhas, podia significar qualquer coisa, menos que aceitaria ser contrariado.

— Qual a sua impressão de Andreas Berger? — perguntou Van Veeteren enquanto Münster tentava abrir caminho no labirinto que era a garagem do prédio da polícia.

— Inocente, sem dúvida.

— Como assim?

— Ele tem um álibi para a noite toda. Mora no norte, em Karpatz... Com a nova esposa e dois filhos, o terceiro está a caminho. Muito simpático, e a mulher também. Depois da tragédia, ele ainda tentou ajudar Eva, procurou reatar... Foi ela quem insistiu no divórcio.

— Eu sei disso... Então, não havia nada de podre?

— De podre?

— É, no Reino da Dinamarca... Ele não tentou enganar você, quero dizer?

Münster hesitou um momento.

— Então você não escutou a gravação?

— Mas claro! Só queria me certificar...

— Afinal, você não quer me contar por que ainda estamos insistindo neste caso? Pensei que você já considerasse o Mitter culpado há muito tempo!

— Somente os bobos nunca mudam de opinião, Münster. Este caso é simples demais, esse é o problema. Detesto processos que transcorrem sem obstáculos... Por Deus, até as testemunhas de defesa colocam o Mitter numa situação difícil. Weiss, e qual era o nome do outro mesmo?

— Sigurdsen.

— Sigurdsen, isso. E aquele diretor bundão. Eles são colegas de Mitter há 15 anos e o melhor que conseguem dizer é que nunca perceberam nele qualquer tendência à violência. Demais, não é? Não vimos nada. Com amigos assim, não se precisa de inimigos, Münster. Droga, pelo visto, professores continuam sendo o mesmo purgante da época em que nós íamos para o colégio. Alguns deles continuam, inclusive, exercendo a profissão.

— E o Bendiksen?

— Um pouco melhor, mas nem ele quer admitir abertamente a possibilidade de Mitter não ter sido culpado. E é justamente isso, Münster... Cada um desses cretinos, inclusive, talvez, até o próprio Mitter, pensa que foi ele mesmo. Embora ele tenha vivido até hoje de forma praticamente irrepreensível. Dois tapas na ex-mulher, que provavelmente mereceu, e uma história boba de bode expiatório numa festa de escola. Aposto que você tem um registro de pecados dez vezes maior, Münster.

— Não diga isso, homem. Pelo menos, nunca fui preso.

Van Veeteren esbravejou.

— Só me faltava essa. Você é da polícia! Policiais não são presos!

Ele ficou calado durante algum tempo enquanto se ocupava do palito de dentes.

— Seja como for — disse, então —, Mitter não tem realmente nada a seu favor e isso significa que será condenado. Ainda se falará muito de evidências para cá e evidências para lá, até caírem os dentes. A promotoria não conseguiu provar nada contra ele, mas Mitter vai parar atrás das grades mesmo assim.

— Por assassinato?

— Não me surpreenderia... É, acho que sim. Talvez ele acabe no manicômio, o que seria a mesma coisa. O pobre coitado, aí é que ele não vai ter mais do que rir. É uma pena, ele parece ser bastante animado... Pára! Por que você não foi reto, Münster? Temos que passar primeiro na minha casa.

— Contramão, chefe.

— Deus meu — queixou-se Van Veeteren. — Pelo visto, seu registro de pecados não deve ficar muito comprido mesmo.

Münster suspirou e pisou no acelerador. O detetive-chefe perdeu-se em pensamentos. Na altura da igreja Keymer, tirou uma cigarrilha do bolso e deu uma olhada na direção de Münster. Ele não era fumante, na verdade, mas sabia que a fumaça fedorenta dessa beleza negra afetaria mais a condição de seu oponente do que a dele próprio. Principalmente, se não inalasse. Dessa forma, essa cigarrilha tornava-se peça importante na preparação psíquica para a partida.

Münster freou na frente da casa de Van Veeteren, que colocou, cuidadosamente, a cigarrilha fumegante no cinzeiro e desceu do carro.

— Pode esperar aqui. Volto em cinco minutos.

Münster desligou o motor e abriu a janela. Ficou observando o detetive-chefe subir as escadas.

Em dez anos, ele se aposenta, pensou. Em dez anos. Até que idade alguém consegue jogar *badminton*?

Ele se lembrou que havia visto senhores grisalhos, de mais de setenta anos, treinando no ginásio esportivo... E, imediatamente, preferiu pensar em outra coisa.

Em Synn, por exemplo. Sua linda mulher, que adoraria passar férias de inverno de verdade este ano, com ele e com as crianças. Isso mesmo, duas semanas em dezembro, se os preços não fossem exorbitantes, era o que ela havia planejado, se é que ele a havia compreendido bem. Em alguma ilha distante, no meio do mar azul, com palmeiras farfalhando e um bar na praia...

E ele se perguntava qual seria a melhor maneira de inteirar Hiller de seus planos. Era bem verdade que tinha muitas horas extras para compensar, mas duas semanas?

Duas semanas?, bradaria Hiller e faria uma careta como se Münster tivesse lhe dito para posar nu para a revista da polícia. Duas semanas!

E agora, mais uma vez, ele tinha que jogar *badminton* durante o expediente.

19

Alguém tinha mandado um pastor para ele.

Quem, ele não sabia. Rüger ou o chefe de polícia ou aquele juiz senil, difícil dizer. É possível que o cura também tivesse vindo por conta própria, afinal, ele afirmava que não havia necessidade de um vínculo com Deus para comunicar-se com Ele.

O pastor tinha um sorriso sem graça. Volta e meia, esfregava os olhos, responsabilizando o ar seco e o sistema de ventilação.

— Gosto de ficar escutando o sistema de ventilação — disse Mitter. — Acho que poderia ser a voz de Deus.

O pastor mexeu a cabeça, interessado.

— É?

— O senhor certamente conhece a voz de Deus?

— Sim...

— Ela é muito monótona, não acha?

— A voz de Deus deve variar de acordo com aquele que a ouve.

— Que merda de relatividade é essa? — perguntou Mitter.

— Não... Só queria...

— O senhor quer afirmar que Deus não passa de uma questão fenomenológica? Mostre-me sua identidade, por favor.

O pastor sorriu indulgentemente. Mas um temor cético tomou conta de sua testa brilhante.

— Se o senhor não puder apresentar uma comprovação ontológica de Deus, vou exigir que o removam daqui imediatamente.

O pastor esfregou os olhos.

— Talvez eu deva voltar outro dia. Vejo que eu o estou irritando.

Mitter apertou a campainha para chamar o guarda e, dois minutos depois, ele estava sozinho de novo.

Ele também recebeu a visita de uma assistente social.

Era uma mulher de uns 35 anos, e o guarda permaneceu o tempo todo na frente da porta.

— A senhora é dinamarquesa? — perguntou Mitter.

Ela era loura e seu pescoço era comprido, por isso, sua pergunta fazia sentido. A mulher balançou a cabeça.

— Meu nome é Diotima — disse. — Posso conversar um pouco com o senhor?

— É um nome bonito e pouco usual — elogiou Mitter. — Fique o tempo que quiser.

— Requisitaram um exame psicológico para o senhor — revelou Diotima. — Independentemente do veredicto.

— Sou muito grato — retorquiu Mitter. — Realmente, não tinha a intenção de retomar as aulas de imediato.

Diotima concordou com a cabeça. O cabelo estava preso num rabo-de-cavalo, que balançava de um lado a outro a cada movimento da cabeça. Mitter gostaria de ter colocado a mão em sua nuca, mas não se sentia limpo o suficiente. Diotima tinha um frescor inconfundível; ele escondeu as mãos entre os joelhos e procurou pensar em outra coisa.

— Como se sente? — perguntou ela.

Ele refletiu, mas não conseguiu pensar em uma resposta.

— Foi uma tensão e tanto...

Ela baixou a voz, de forma que ele não conseguiu deduzir se se tratava de uma pergunta ou de uma afirmação. E se a observação tinha a ver com ele ou com a visita.

— Afinal, não há como recuperar a saúde aqui dentro — disse ela.

Ele deu um sorrisinho.

— O senhor sabe há quanto tempo já está aqui?

Ele assentiu com a cabeça.

— Que dia é hoje?

— Quarta-feira.

— Isso mesmo, hoje à tarde chegarão ao veredicto. Por que o senhor não quer estar presente?

Ele deu de ombros.

— Quer um cigarro?

— Por favor.

Ela tirou um maço da pasta. Colocou-o na mesa, entre ambos. Ele liberou sua mão direita, tirou um cigarro e acendeu-o. Era levemente mentolado, fumo tipicamente feminino; mesmo assim, fumou o cigarro agradecido até o filtro.

De uma forma ou outra, fumar justamente um cigarro daqueles exigia grande concentração, e ele não tinha certeza que perguntas Diotima tinha feito nesse meio-tempo. De qualquer maneira, ele não estava respondendo.

Quando Mitter apagou o cigarro no lavabo, Diotima levantou-se e ele percebeu que ela queria ir embora. Imediatamente, sentiu um aperto na garganta; o desejo de chorar se confundia de forma profundamente desagradável com o leve gosto de fumaça fria. Talvez ela tivesse percebido isso porque deu dois passos em sua direção e colocou, brevemente, sua mão sobre o braço dele.

— Eu vou voltar — disse. — De qualquer forma, o senhor não ficará muito tempo aqui.

— Janek — disse. — Eu me chamo Janek. Por favor, não me chame de senhor.

— Obrigada. Diotima.

— Eu sei. A senhora já tinha dito.

Ela sorriu. Seus dentes eram certinhos e brancos. Ele suspirou.

— Tem certeza de que não é dinamarquesa?

— Minha avó era de Copenhague.

— Eu sabia.

— Até breve, Janek.

— Até breve, Diotima.

Rüger veio anunciar o veredicto uma hora após o almoço. Ele parecia ainda mais abatido do que de costume e assoou o nariz duas vezes antes de abrir a boca.

— Não deu certo — disse ele.

— Ah! — exclamou Mitter. — Não deu certo.

— Não. Mas eles concluíram que foi homicídio culposo. Os jurados foram unânimes. Seis anos.

— Seis anos?

— Sim. Com boa conduta, pode reduzir para cinco.

— Não teria nada contra — opinou Mitter.

Rüger ainda aguardou um instante.

— O senhor ainda terá que se submeter a um exame psiquiátrico — disse, finalmente. — Infelizmente, esse exame só avaliará a sua condição atual. Talvez tivéssemos que ter tomado outro caminho, mas, de qualquer forma, todos acham que o senhor era responsável por seus atos durante o crime.

— É mesmo? — retrucou Mitter. Agora, ele estava ficando realmente cansado. — Por favor, seja breve, estou morrendo de sono.

— Se todos acreditarem que o senhor é mentalmente responsável por seus atos, o senhor acabará indo para a prisão federal. Caso contrário, irá para Greifen ou para Majorna.

— Majorna?

— Sim, em Willemsburg. O senhor não conhece a casa? Um antigo sanatório do século XIX. Talvez Greifen ainda fosse preferível...

— Eu acho que, para mim, não faz diferença.

— Se a sua condição melhorar nesse meio-tempo, o senhor será transferido imediatamente para a prisão, mas o tempo que o senhor passar na instituição também conta... Bem, é essa a situação. O senhor está cansado?

Mitter assentiu.

— O senhor será transferido amanhã. Eu lhe desejo, ainda, uma boa noite de sono.

O advogado estendeu a mão. Mitter também.

— Lamento que tenhamos tido tamanho azar. Realmente, lamento.

— Não faz mal — consolou-o Mitter. — Por favor, deixe-me só agora. Certamente poderemos conversar em outro dia.

— Claro — concordou Rüger e assoou o nariz uma última vez. — Adeus e boa sorte amanhã, Sr. Mitter.

— Adeus.

Como fala!, pensou Mitter, quando a porta se fechou atrás do advogado. Não posso esquecer de limitar a conversa no futuro.

20

— Ah — disse Münster. — É isso.

— Sim — disse Van Veeteren.

— E qual foi o resultado? — perguntou Münster.

Van Veeteren bufou.

— Majorna. Caen ainda não respondeu?

— Não, mas ainda temos muitas outras coisas para fazer.

— Sério? O quê, por exemplo?

— Para começar, isso daqui — respondeu Münster e lhe empurrou o jornal.

O caso da prostituta negra, encontrada crucificada no bairro elegante de Dikken, manteria Van Veeteren e Münster ocupados durante um dia e meio. Depois disso, uma organização neonazista assumiu a responsabilidade do crime, e o caso acabou com a Tropa Antiterror do Governo.

Münster foi para casa e dormiu 16 horas seguidas, coisa que Van Veeteren também teria gostado de fazer, mas ele tinha que continuar cuidando do Bismarck. O cachorro estava tão mal que não havia outra opção senão sacrificá-lo. Ele telefonou para Jess e explicou-lhe a situação, mas a filha pediu-lhe para mantê-lo vivo por mais dois dias, de forma que ela pudesse despedir-se definitivamente do animal.

Afinal, era ela a dona do Bismarck.

Van Veeteren se arrastou durante aqueles dois dias, entorpecido de cansaço, pelo chão da cozinha, alimentando o cachorro com mingau e limpando-lhe o vômito com uma toalha molhada. Quando Jess finalmente apareceu, encontrou-o roxo de raiva e de esgotamento. Ela não conseguiu conter-se, apesar de toda a preocupação, e pecou contra o quinto mandamento.

— Papaizinho, querido! — disse ela e plantou-lhe um beijo na boca. — Que tal aproveitarmos a viagem e levá-lo ao veterinário também?

O que resultou numa tamanha explosão de Van Veeteren que a viúva Loewe, do apartamento de baixo, chamou a polícia por precaução. No entanto, o oficial de plantão, o jovem e promissor Widmar Krause, reconheceu o endereço e, como estivesse inteirado do que estava se passando com o detetive, resolveu, por conta própria, cancelar a patrulha.

Jess cuidou de Bismarck e levou-o ao veterinário, onde o cachorro deu seu último suspiro em seus braços uma hora depois.

Van Veeteren tomou uma chuveirada e ligou para Münster com um entusiasmo anormal.

— Caen deu sinal de vida? — gritou no aparelho.

— Não — respondeu Münster.

— Por que diabos ele não responde? — perguntava agora o detetive-chefe.

— Como está Bismarck? — quis saber Münster, completamente descansado.

— Cala essa boca! — ordenou Van Veeteren. — Responda à minha pergunta.

— Não faço idéia. Em que o senhor acredita?

— Acreditar, a gente faz na igreja, e Deus está morto! Dê-me o telefone dele imediatamente... E enfia o *fax* no rabo do Hiller!

Münster procurou o número e, meia hora depois, Van Veeteren teve sucesso.

— Caen.

— Eduard Caen?

— Sim.

— Aqui, quem fala é o detetive-chefe Van Veeteren. Estou ligando de Maardam, no Velho Continente.

— Sim?

— Gostaria de fazer-lhe algumas perguntas. Lamento que esteja tão longe.

— De que se trata?

— De Eva Ringmar. Quero crer que o senhor saiba de quem se trata.

Caen emudeceu durante alguns segundos.

— E então?

— Devo lembrá-lo de que estou limitado pelo sigilo profissional?

— Eu também. Devo lembrá-lo de que posso chamá-lo para vir depor aqui se eu quiser?

— Entendo. Está bem, Sr. Detetive, o que quer saber?

— Alguns detalhes. Em primeiro lugar, se o senhor tinha um caso com ela.

— Claro que não. Nunca tive caso com pacientes.

— Então, esse não foi o motivo para a sua mudança para a Austrália?

— Não seja ridículo, homem! Realmente, não pretendo responder a esse tipo de...

Aqui a ligação caiu. Van Veeteren bateu repetidas vezes com o telefone na mesa e, após um curto interlúdio japonês, conseguiu contato com Caen de novo.

— ... a esse tipo de quê? — perguntou Van Veeteren.

— A essas suposições — respondeu Caen.

— Estou atrás de um assassino — explicou Van Veeteren, impassível. — Um homem. Poderia me ajudar?

Caen ficou novamente em silêncio.

— Não — respondeu, hesitante. — Não posso mesmo. Para dizer a verdade... Posso confiar no senhor, detetive?

— Claro.

— Para dizer a verdade, não obtive muito progresso com ela, embora tenha melhorado. Originalmente, fui chamado devido aos problemas que surgiram após a morte do filho, mas ainda havia outra coisa...

Parece que ele está colocando cada palavra sobre a balança, pensou Van Veeteren. Será que ele não faz idéia do custo de uma ligação dessas, para o outro lado do mundo?

— E o que era?

— Isso eu não sei. Mas era algo proibido... Acho que ela nem se esforçou para fazer de conta... que não era esse o caso. Talvez fosse impossível esconder. Havia algo sobre o que ela não queria falar, ela até chegou a admitir isso abertamente... Entende? Não é tão fácil explicar isso por telefone.

— Ela tinha um segredo?

— Pode-se dizer que sim.

— Um homem?

— Não faço idéia, detetive. Não sei.

— Dê-me uma pista.

— Pode estar certo de que não sei lhe dizer.

— Sobre o quê, em nome dos céus, conversavam?

— Sobre Willie... seu filho. Praticamente, só falávamos sobre Willie. Ela precisava de mim para lembrar-se dele. Eu também tenho um filho, eles tinham a mesma idade e ela gostava muito de comparar os dois... Muitas vezes, fizemos de conta que o Willie ainda estava vivo, conversávamos sobre os nossos filhos e o futuro que os aguardava... e coisas desse tipo.

— Entendo... E depois, ela se sentia melhor?

— Certamente. Os nossos encontros em Maardam, do ponto de vista terapêutico, eram absolutamente desnecessários, mas ela era tão teimosa... Eu gostava dela, e o dinheiro também era bem-vindo. Por que eu me recusaria?

— É, por quê, Sr. Caen? Que impressão o senhor tinha do marido dela... Andreas Berger?

— Nunca cheguei a conhecê-lo, e ela não falava muito dele. Queria se separar... A culpa era do acidente, sem dúvida, mas não me pergunte o motivo. Creio que ele queria continuar com ela, inclusive durante sua pior fase.

Van Veeteren refletiu.

— Pensei que vocês tivessem um suspeito? — disse Caen.

— E temos, e não só isso, ele já foi até condenado — respondeu Van Veeteren.

— Já foi condenado? Quer dizer que ele confessou? Então, por que está ligando para...?

— Porque não foi ele — interrompeu o detetive. — Posso pedir-lhe um favor?

— Claro.

— Caso o senhor ainda se lembre de algo, por mais insignificante que possa parecer, por favor, entre em contato comigo. O senhor tem meu número, não é mesmo?

— Não, acho que não...

— Mas o senhor não recebeu o nosso *fax*?

— Seu *fax*? Não, já faz uma semana que nem olho para o *fax*. Estou de férias, sabe?

— Férias, em novembro?

— Sim, aqui embaixo, o verão está começando. Vinte e cinco graus, os limoeiros estão em flor...

— É, eu devia ter pensado nisso — disse Van Veeteren.

21

Quando Lotte Kretschmer acordou no domingo, 17 de novembro, decidiu quase que instantaneamente terminar o namoro com o eletricista Weigand de Süsslingen, de 21 anos. Essa decisão foi amadurecendo nela durante as últimas semanas, e era chegada a hora. Weigand estava dormindo — como sempre, de boca aberta — ao lado dela e, como ela não achasse correto deixá-lo insciente num assunto tão importante, sacudiu-o até acordá-lo e explicou-lhe a situação.

Era bem verdade que eles estavam morando juntos havia oito meses, mas ela realmente não tinha previsto que brigas, lágrimas e acusações preencheriam o seu dia-a-dia.

Quando, finalmente, conseguiu ir trabalhar, às sete da noite, ela percebeu que, naquele momento, 12 horas de sono lhe fariam bem. Em vez disso, tinha à sua frente 12 horas de plantão noturno.

Isso é uma explicação, não uma desculpa.

Na hora de ministrar os medicamentos, por volta das nove horas, Janek Mitter, como muitos outros pacientes, recebeu duas pastilhas de multivitamina com dez minerais importantes e selênio na composição, em vez do usual antidepressivo ligeiramente calmante.

Ambos os remédios eram drágeas redondas, de cor amarelo-claro, e se encontravam no mesmo armário.

Nem essa desculpa havia.

O efeito não demorou. Em vez de uma noite de sono profundo e sem sonhos, Mitter permaneceu atordoado e acordado na sua cama de metal, olhando a noite estrelada lá em cima, quase tão estrelada quanto naquela noite, em Levkes. Percebeu que, em novembro, dá para se ver muito mais estrelas do que nos outros meses e que seu aniversário havia passado. Ao completar 14 anos, recebera um telescópio do pai.

Onde será que estava agora?

Levou um tempo até conseguir pensar claramente. Aí, Mitter se lembrou. Jürg estava com ele, claro. Enquanto morava com o pai, Jürg tinha o telescópio no quarto e, quando se mudou para Chadów, levou-o consigo.

Era isso, e sua memória ainda parecia funcionar.

Num vaivém, pedaços de lembranças surgiam e desapareciam enquanto estava deitado ali; lembranças remotas, da infância, e pecados da adolescência, lembranças de épocas mais próximas... Irene e as crianças, casos do colégio e viagens com Bendiksen, e, finalmente, ao amanhecer, aquela noite desenrolou-se em frente ao seu olho interior.

Ele estava sentado no canto do sofá. Já tinha se vestido novamente, cá e lá havia uma vela acesa, o cheiro de incenso brincava nas suas narinas. Eva vestia seu quimono e andava de um lado para outro, cantarolando; ele tinha dificuldades de manter os olhos nela... Tinha um copo na mão e sabia que, de jeito nenhum... de jeito nenhum, devia tomar mais uma gota... Quando movia a cabeça, a sala começava a balançar... Nem uma gota mais!

Bebeu mais um gole. O vinho era bom, ele ainda conseguia saboreá-lo apesar de todos os cigarros... E agora, ouviu a campainha. Mas, diabos, quem...

Eva gritou algo e desapareceu. Ele percebeu claramente que ela ia deixar a visita entrar, mas não conseguia ver o corredor de onde estava sentado. Fez uma careta.

Isso mesmo, ele se lembrava de ter feito uma careta porque estava bêbado a tal ponto que não se arriscava a se virar. Então, Eva surgiu com a visita, que ia à frente dela... Mitter não conseguia ver seu rosto, que estava simplesmente alto demais; executar esse movimento também teria sido impossível... E a visita ainda ficou de pé durante um bom tempo, até sentar-se, e Eva estava em algum outro lugar, tinha gritado algo, mas, ainda assim, a visita tinha se sentado; ele viu o torso e os antebraços, apenas os antebraços, as mangas arregaçadas... Estava fumando, e Mitter também pegou um cigarro, e a nicotina deixou-o tonto por alguns instantes. A fumaça queimava excessivamente sua garganta, mas, finalmente, conseguiram se falar, e, agora, a visita se curvava para bater a cinza do cigarro, e, nesse momento, ele viu quem era.

Ele abriu os olhos, e a miríade de estrelas se agitava em sua direção, deixando-o aturdido.

Vou esquecer de novo, pensou. Esteve aí, por um momento, mas amanhã terá desaparecido novamente.

Procurou uma caneta na mesinha-de-cabeceira. Ouviu quando ela caiu no chão... Com cuidado, desceu da cama, arrastando-se sobre o chão frio, e acabou achando-a.

Onde?, pensou ele. Onde?

Tirou a Bíblia da gaveta. Mediu com o polegar onde, aproximadamente, se encontraria o Evangelho segundo São Marcos e escreveu o nome da visita ali.

Fechou a Bíblia. Colocou-a de volta no lugar e fechou a gaveta. Exausto, deixou se cair sobre o travesseiro e percebeu que algo nele começou a tremer.

Era como se uma chama minúscula houvesse acendido algo dentro dele. Uma chama minúscula que ele devia manter viva a todo custo.

Por isso, ele se comprometeu a fazer algo logo na manhã seguinte.

Escreveria uma carta para a visita.

Apenas uma linha.

Adormeceu. Mas acordou novamente.

Talvez também pudesse telefonar.

Esse antipático... Como se chamava mesmo?

Contanto que a chama não se apagasse.

22

A ligação só foi transferida alguns minutos antes da mudança de turno dos policiais.

Na verdade, a mudança de turno já deveria ter sido feita algumas horas antes, mas a jovem esposa de Widmar Krause tinha sentido as contrações de manhã e era sua primeira gravidez. Erich Klempje teve de se conformar que teria que fazer hora extra. Era bem verdade que já estava lá desde as nove da noite, mas, afinal, para que servem os colegas?

Apenas, até tudo ter acabado.

Não que já se tratasse do parto, mas a ida até o hospital, a espera, o exame e a volta também levavam tempo.

Mecanicamente, anotou no fichário preto.

11h56, entr. da Majorna.

— Delegacia de polícia, oficial Klempje. Em que posso ajudar?

Nesse momento, as portas abriram-se com força, e dois agentes, Joensuu e Kellerman, entraram com uma prostituta bêbada.

— Mas um depois do outro! — gritou ela. — E para vocês, seus tiras de merda, custa o dobro!

Embora ela fosse pequena, enquanto Joensuu e Kellerman juntos deviam pesar por volta de 200 quilos, os dois tiveram dificuldades em atravessar o corredor com ela e levá-la para a cela. A bochecha de Kellerman estava arranhada e Klempje partiu do princípio que a prostituta também não escaparia de algumas lesões, assim que os dois colegas estivessem fora de seu campo de visão.

— Vai tomar no cu! Mas passa perfume francês antes! — vociferou ela, e acertou o joelho entre as pernas de Joensuu.

Joensuu xingou e se curvou todo. Klempje suspirou.

— Um momento, por favor — disse e segurou a mão sobre o bocal do telefone.

Dois aspirantes a detetives, que até então se ocupavam de seus relatórios, acudiram aos colegas e, pouco depois, o barulho que faziam estava fora de alcance.

Droga, pensou Klempje, se não conseguir dormir daqui a pouco, vou acabar abrindo o berreiro aqui.

Voltou a atenção para a pessoa ao telefone.

— Pois não, do que se trata?

— Quem está falando é J. M., da Majorna.

Porra, pensou Klempje.

— Sim, isso eu já entendi. Do que se trata?

— Gostaria de falar com... com...

Emudeceu. Klempje balançava a cabeça. Embora o tom de voz fosse monótono, parecia animado... Ele parecia estar lendo algo.

— Sim?

— Gostaria de falar com...

— Gostaria de falar com quem? Aqui é da polícia.

— Eu sei disso — respondeu a voz. — Gostaria de falar com o antipático.

— Com o antipático?

— É.

— Qual deles? Policial antipático é o que mais tem aqui — respondeu Klempje numa crise de falta de camaradagem.

— O pior deles... Ele é alto, fica roxo de raiva e xinga. Quero falar com ele.

— Tudo bem, já anotei.

— Ele não está?

— Não.

— Obrigado.

A ligação foi interrompida. Klempje ainda ficou segurando o telefone por alguns segundos. Depois, colocou-o de volta e continuou fazendo palavras cruzadas.

Dois minutos depois, chegou Krause.

— Graças a Deus — suspirou Klempje. — E aí?

— Nada — respondeu Krause. — Alarme falso.

— Como pode? Afinal, contrações são contrações.

— Klempje, pelo visto você não entende nada de grávidas. Aconteceu alguma coisa?

Klempje pensou.

— Não... Só um louco da Majorna que ligou e queria falar com o antipático... engraçado, não? E de quem você acha que ele estava falando?

— Do VV, quem mais?

— E o que ele queria?

— Não faço idéia. Desligou. E Joensuu e Kellerman estão se digladiando com uma prostituta. Nossa! Isso daqui é um *glamour* só!

Klempje abandonou seu posto, e Krause tomou seu lugar na redoma de vidro.

O antipático, pensava. Da Majorna?

Ficou pensando nisso durante algum tempo ainda. Depois, telefonou para o quarto andar.

Ninguém respondeu.

Tentou a sorte com Münster.

Nada.

Que se dane, pensou e tirou o livro de bolso. *O Pai e seu Primogênito.*

23

A carta chegou no correio da parte da tarde.

Sem pensar, colocou-a no bolso; tinha muitas coisas inadiáveis para fazer e a carta podia esperar até mais tarde. Chegou a se perguntar, rapidamente, o significado daquilo, não costumava receber cartas no trabalho e, além disso, parecia tratar-se de correspondência particular.

Naturalmente, esqueceu-se dela e só a encontrou de novo quando procurou moedas no bolso para a lavanderia a quilo. Abriu o envelope com uma caneta e tirou o papel dobrado de dentro.

A carta consistia em, tão-somente, uma única linha. Mas ela era suficientemente clara.

Nos primeiros segundos, estava simplesmente estupefato. Permaneceu inerte, após haver se curvado sobre a escrivaninha, os olhos fixos na linha.

Depois, o cérebro começou a funcionar. Devagar e metodicamente. Mais uma vez, perguntou-se como podia estar tão nervoso e tão controlado ao mesmo tempo. Ele sentia seu sangue ferver, enquanto analisava friamente as conseqüências que esta carta poderia ter.

Deu uma olhada no selo. O carimbo era do dia anterior.

Examinou melhor. Algumas letras estavam borradas, mas devia tratar-se de Willemsburg.

Era isso. Afinal, era lá que ele estava, todo mundo sabia. Alguns dos colegas tinham ido até visitá-lo...

Estirou-se sobre a cama e apagou a luz. Sentiu nitidamente uma forte comichão no diafragma, mas, sem o mínimo esforço, conseguiu fazê-la parar. A questão era...

A questão era tão simples que chegava a doer.

Haveria, ainda, outras cartas?

Haveria, ainda, outras cartas?

Foi para a cozinha e pegou uma cerveja. Sentou-se perto da janela. Tomou longos goles e apertou os olhos, para dominar as lágrimas despertadas por aquele líquido de gosto forte.

Com a confiança de um sonâmbulo, sabia qual era a resposta.

Não, não havia mais nenhuma outra carta.

Ele estava em casa havia três horas. Ninguém telefonou, e ninguém hesitaria durante tanto tempo... Não havia mais nenhuma outra carta.

Tamborilava os dedos na garrafa.

Sem contar com a possibilidade — estava pensando claramente agora — de a polícia receber a correspondência mais tarde. A carta poderia chegar amanhã ainda... Essa possibilidade era real, tinha que reconhecer.

Bebeu mais um gole. As gralhas faziam uma barulheira do outro lado da janela. Teve que pensar em Hitchcock e em *Os Pássaros*, e essa lembrança tinha algo de atraente, algo com que podia se relacionar... Mas, talvez, esta não fosse a hora mais apropriada para tais considerações.

Se ainda houvesse outras cartas, escritas e despachadas... então, elas chegariam no dia seguinte. Mais tardar.

No dia seguinte. Se não tivesse ouvido nada até o meio-dia, estaria fora de perigo.

Encostou a garrafa na boca e esvaziou-a. Olhou para o céu, por cima dos telhados. Escureceu rapidamente; certamente, mais uma noite estrelada... Incidentalmente, perguntou-se se isso seria uma vantagem ou desvantagem.

A resposta final ainda estava em aberto. Ele havia esperado e sido paciente. Havia aguardado.

Respirou fundo. A comichão voltou mais forte e agradável agora. Quase erótica.

Era chegado o momento.

24

Ele acordou e não conseguia lembrar-se do próprio nome.

Naturalmente, não era a primeira vez que isso acontecia. Outro dia, quando acordara de manhã, acontecera exatamente a mesma coisa.

Mas, agora, era noite. Um luar pálido iluminava o pé da cama e uma figura que lá se encontrava.

Certamente tratava-se de uma mulher. Sua silhueta se delineava na frente da janela, o rosto, no entanto, permanecia na penumbra.

— Diotima? — balbuciou improvisadamente, sem saber por quê. Um nome ressurgido do poço do esquecimento. Alguém de quem sentira falta.

Mas seria ela?

Ela se aproximou. Devagar, deu a volta na cama até ficar do seu lado direito. Levantou o braço e algo brilhava em sua mão...

Mitter... Janek Mattias Mitter... ocorreu-lhe no exato momento em que a dor partia sua cabeça.

E, antes de o grito escapar-lhe da garganta, comprimiram um travesseiro sobre seu rosto. Debateu-se com os braços, chegou a agarrar o pulso da visita — mas a força o abandonava e a dor bombeava ondas incandescentes pela barriga e pelo peito.

Não sou ninguém, pensou. Não passo de um pobre sofredor.

A última coisa que viu foi uma imagem.

Uma imagem antiga, provavelmente fruto da própria imaginação. Ou talvez a tivesse visto em algum livro.

Ela retratava a morte de uma forma profundamente pessoal.

Era um boi.

E um pântano.

Essa era sua vida. Um boi que se afundava no pântano.

Ele se afundava devagarzinho. Na morte.

Nessa noite, uma noite tranqüila e estrelada, só se via a cabeça e, por último... o que desapareceu por último foram os olhos espantados do boi, olhando fixamente para a miríade de estrelas.

Essa foi a imagem derradeira.

E, quando a noite cobriu os olhos, tudo se dissolveu.

SEGUNDA PARTE

Sexta-feira, 22 de novembro
Domingo, 1º de dezembro

25

— Rooth, vamos pedir algumas garrafas de água para a Sra. Katz.

Hiller tirou um fio de cabelo da lapela e examinou o grupo reunido.

— Onde se meteu o Van Veeteren? Eu não tinha dito que todos deveriam estar aqui às cinco? Já são 5h03... A coletiva de imprensa começa cravado às seis e, até lá, temos que ter todos os pingos nos is. Isso daqui é realmente um senhor caso!

Reinhart se levantou.

— Vou buscá-lo. Neste instante, ele está infernizando a vida de um psiquiatra.

Münster relaxou e tentou ficar olhando pela janela. A sala do chefe de polícia encontrava-se no quinto andar e também era chamada de "estufa" em função da paixão de Hiller por vasos de flores. A janela panorâmica dava para a região sul da cidade e recebia doses generosas de luz, que faziam as azaléias, buganvílias e uma variedade de palmeiras desabrocharem em todo o seu esplendor. De tal forma, aliás, que a janela já havia desaparecido atrás da flora abundante.

Münster suspirou e observou o chefe de polícia. Sentado na cadeira da escrivaninha, virava-se de um lado para o outro. Mexia nos papéis, ajeitava a gravata, tirava a poeira do terno azul-escuro... Sinais claros! Coletiva de imprensa! Não só repórteres de jornais e fotógrafos haviam se anunciado, mas também pessoal da rádio e da TV. Münster vira uma *van* de retransmissão na rua, fazia meia hora. Provavelmente, todos estavam preparando a iluminação na sala de conferências. Não havia dúvida de que Hiller tinha razão.

Realmente, este era um senhor caso.

— Van Veeteren, você poderia descrever a situação? — perguntou Hiller, assim que, finalmente, todos estavam presentes. — Tenho que me apresentar perante a imprensa em 45 minutos.

— Não — respondeu Van Veeteren. — Estou com dor de cabeça. O Münster terá que fazer isso.

— O quê? — exclamou Münster e pegou o bloco de anotações. — Do começo ou o quê?

O chefe de polícia aquiesceu. Münster limpou a garganta.

— Bom, hoje de manhã, às 7h10, recebemos uma chamada da Majorna, a clínica psiquiátrica de Willemsburg.

— Isso a gente já sabe — disse Hiller.

— Reinhart e eu nos encontramos com Jung e deBries lá, às 7h35. A vítima encontrava-se deitada em sua cama, no setor 26B... Naturalmente, isolamos a área. Os demais pacientes já haviam sido removidos para outra sala.

— Muito simpático — murmurou Van Veeteren.

— O defunto era Janek Mitter, nós o reconhecemos na hora... E também estava claro o que havia acontecido. A cama estava ensangüentada e o chão também.

Ele folheou o bloco.

— Meusse, que chegou dez minutos depois, esclareceu que Mitter morreu de lesões internas e hemorragia, causadas por três facadas profundas, das quais uma rompeu a aorta... Ele parece ter morrido quase instantaneamente, no máximo, alguns segundos depois... E Meusse determinou a hora da morte entre três e três e meia.

— A hora dos lobos — completou Van Veeteren.

— Como é que os jornais chegaram lá antes de nós? — perguntou Hiller. — De novo? — acrescentou.

— É culpa dos funcionários — respondeu Reinhart. — A namorada de um enfermeiro estava passando a noite com ele lá... E ela é jornalista do *Neuwe Blatt*. Eles estavam dormindo no quarto dele, na ala dos funcionários, de forma que ela só tinha que percorrer um caminho de três minutos. Um mulherão, aliás...

— Hum — soltou Hiller. — Continue.

— Rooth e Van Veeteren chegaram meia hora depois — prosseguiu Münster. — Junto com o pessoal da perícia. Embora tenham passado o pente-fino no quarto, não encontraram muita coisa.

— Não?

— Não muito mais do que já estava mais do que claro. O assassino entrou no quarto e esfaqueou a vítima... provavelmente com uma faca bem grande... de dois gumes, possivelmente um facão de caça, dos quais existe uma infinidade de modelos hoje em dia. É, e depois, o assassino saiu pela janela, descendo pela calha.

— Pensei que os pacientes estivessem encarcerados — afirmou Hiller.

— Não é necessário — disse Rooth. — Com o uso dos medicamentos avançados de hoje em dia... Se bem que as janelas do primeiro andar tenham grades. Ele deu sorte descendo pela calha, mas o próximo que tentar, deve quebrar o pescoço... Ela se soltou em três pontos.

— É bom avisar o assassino, senão ele pode acabar se machucando — insinuou Reinhart.

— Impressões digitais? — perguntou Hiller.

— Nem uma pista sequer, nem mesmo impressões do sapato no chão. Justamente embaixo das janelas, há um caminho de placas de concreto.

— Podemos fumar? — perguntou Reinhart.

— Sente-se perto da janela — respondeu Hiller.

Reinhart e Rooth trocaram de lugar. Reinhart bateu o cachimbo dentro de um dos vasos. Van Veeteren concedeu-lhe um olhar aprovador.

— Continue! — pediu Hiller.

Münster fechou o bloco.

— O turno da noite compreendia quatro pessoas... na 26, quero dizer... Cada setor é subdividido em quatro unidades. Nos demais andares, é exatamente a mesma coisa.

— Vinte e quatro, 25 e 26 — acrescentou Rooth. — E sempre A, B, C e D... No total são 12 unidades nesse prédio. Em cada uma, oito camas, mas havia algumas vazias. Às vezes, a cada dois anos mais ou menos, quando alguém recebe alta ou morre, libera um leito.

— Mas os loucos estão fazendo fila, não é? — disse Reinhart e acendeu o cachimbo.

— No total, 12 enfermeiros no turno da noite? — perguntou Hiller.

— Sim — respondeu Münster. — Dois por andar que estão de serviço, e outros dois de reserva. Interrogamos os 12, principalmente os do 26, claro... e... acreditamos saber com certa exatidão o que aconteceu.

— É mesmo? — exclamou Hiller e parou, finalmente, de virar seu relógio no pulso.

— Levou um tempinho e também tivemos que conversar com os funcionários que trabalham durante o dia, mas todos concordaram... Uma visita não chegou a sair.

— Não chegou a sair?

— Não, ela chegou perto das cinco horas, o horário de visita vai até seis e meia. E essa mulher não chegou a sair, e todos se esqueceram dela.

— Uma mulher?

— É o que afirmam — disse Reinhart e soltou um anel de fumaça que se aproximava do chefe de polícia. — Mas, naturalmente, também poderia ter sido um homem.

— Mas que tipo de procedimento de segurança eles têm lá, afinal? — perguntou Hiller, tentando livrar-se do anel de fumaça. — Temos uma descrição, pelo menos?

— Oito — confirmou Münster. — Mas elas são bastante parecidas. Uma mulher bem alta, cabelos escuros e cheios, óculos, casacão com botões de alamar, *jeans*... somente três pessoas conversaram com ela, mas outras cinco chegaram a vê-la. Entre elas, um paciente. Ele poderia jurar que se tratava de um homem vestido de mulher... Os demais não têm tanta certeza disso.

— Van Veeteren, o que você tem a dizer? — questionou Hiller.

— Certamente, o louco tem razão — respondeu. — Mas deixo a ele a última palavra.

Hiller cruzou as mãos sobre a mesa diante de si.

— Quer dizer que essa... pessoa... permaneceu escondida no prédio até às três, três e meia da madrugada, assassinou o Mitter e desceu pela janela? Parece-me ter muito sangue-frio, não concordam?

— Põe sangue-frio nisso! — aquiesceu Reinhart.

— Tinha estômago forte! — completou Rooth. — Digno de filme de terror.

— O outro paciente... — quis saber Hiller —, o que dormia no mesmo quarto... O que é que ele tinha a dizer?

— Nada — retorquiu Münster. — Dormia feito uma pedra, acho que não chegou nem a acordar quando o levaram para o outro quarto.

— Medicamentos de classe! — exclamou Rooth.

— Vocês se lembram de *Um Estranho no Ninho*? — perguntou Reinhart.

Hiller olhou para o relógio.

— Mais 15 minutos — informou a todos.

— Não dá para segurar esses urubus um pouco mais? — perguntou Reinhart.

— Se não conseguimos fazer nada direito, pelo menos podemos ser pontuais — alfinetou Hiller sem tirar os olhos do cachimbo de Reinhart. — Além disso, será uma transmissão ao vivo.

— Droga! — exclamou Rooth.

— Tudo bem — acalmou Hiller. — Van Veeteren, o que temos de concreto? Qual será o procedimento? E não me venha com essa história de dor de cabeça.

Van Veeteren tirou o palito da boca, partiu-o em dois e colocou as duas metades em cima da mesa brilhante.

— Você quer saber o que deve dizer ou o que eu acho?

— Os dois... Mas talvez fosse melhor deixar para me contar seu raciocínio tático mais tarde. Dê-me algo para jogar na bocarra desses animais!

— Como queira — disse Van Veeteren. — Um desconhecido trancou-se na instituição e esfaqueou Janek Mitter, que havia sido condenado há pouco pela morte da esposa. Devido à sua instabilidade psíquica, foi transferido para a clínica. Não há motivo para acreditar que as duas mortes tenham alguma relação.

— Eu não posso dizer isso para eles! — esbravejou Hiller, nervoso, e secou o suor da testa.

— Então diga que há uma relação — sugeriu Van Veeteren. — Para mim, tanto faz!

Fez-se um silêncio que persistiu durante alguns segundos. Só se ouvia o cachimbo de Reinhart e a pulseira do relógio de Hiller.

— Mitter era inocente? — perguntou Rooth.

Não houve resposta.

— Isso significa que estamos lidando com o mesmo assassino em ambos os casos? — insistiu Rooth.

Van Veeteren recostou-se na cadeira e ficou olhando para o teto.

— O cara era um gozador — disse ele, finalmente. — Só há uma coisa que me surpreende... Que ele não tenha tentado entrar em contato conosco quando se lembrou de algo.

— O que você quer dizer com isso? — perguntou Hiller.

— Você quer dizer... — reformulou Reinhart.

Van Veeteren concordou, movendo a cabeça devagar.

— ... que Mitter avisou o assassino? — completou Münster. — E não a nós?

Van Veeteren ficou em silêncio.

— Como é que se pode ser tão burro? — exclamou Reinhart.

— Vá você para um manicômio, deixe que te entupam de remédio, e aí você vai ver como vai parecer inteligente depois de uma semana — retorquiu Rooth. — Se o VV tiver razão... e se Mitter tiver conseguido recuperar sua memória de uma forma ou de outra, então eu gostaria de saber como conseguiu isso. Devo dizer que é difícil de acreditar.

— Dê tempo ao tempo... Eu sei que tenho razão — disse Van Veeteren e bocejou. — Mas não há por que brigarmos por isso agora. Tudo tem seu tempo.

Hiller levantou-se.

— Está na hora. Van Veeteren, quero conversar com você depois.

— Sem problemas! Vou estar na cantina. Tem um programa na televisão que não quero perder.

Hiller ajeitou a gravata e deixou a sala.

— Um senhor caso, esse aqui! — murmurou.

26

Münster bateu e entrou na sala.

— Sente-se — disse Van Veeteren indicando a cadeira entre os arquivos. Münster sentou-se, jogando-se contra o encosto, extenuado.

— São 11 horas — reclamou ele. — Por que não vamos para casa, dormimos e continuamos amanhã?

Van Veeteren cruzou as mãos à sua frente, sobre a mesa.

— À noite, pensa-se melhor. E dormir demais engorda... Além de ser pouco esportivo. Um assassino está à solta... Quer que eu enumere mais motivos?

Cala essa boca, pensou Münster, mas não disse.

Café? — perguntou Van Veeteren simpaticamente.

— Obrigado — aceitou Münster. — Vai me fazer bem. Só bebi 11 xícaras hoje.

Van Veeteren despejou um líquido marrom e malcheiroso de uma garrafa térmica imunda e ofereceu um copo de papel a Münster.

— Agora, preste atenção. É melhor prestar atenção mesmo, ou pode acontecer de ter que passar a noite inteira aqui. Amanhã, começaremos com o trabalho pesado. Até lá, temos que saber como proceder. Quer ligar para sua mulher?

Münster balançou a cabeça.

— Já liguei. Ela soube pela televisão...

— Que bom. E quem é o assassino?

Münster bebericou do café morno. Engoliu, fez uma careta e calculou que aquele café devia ter sido passado há 12 ou 18 horas.

— Você quer dizer que não sabe? — perguntou Van Veeteren agora.

Münster balançou a cabeça.

— Não, eu não sei — confirmou.

— Estou na mesma — disse Van Veeteren. — E tenho que admitir que não faço a mínima idéia... É por isso que você tem que se esforçar. Comecemos com o número dois.

— O quê?

— Com o segundo homicídio... O de Mitter. Qual é a pergunta mais importante?

— O porquê! — disse Münster.

— Certo! Por enquanto podemos não ligar para quando, como e se a vítima fez suas necessidades durante as últimas oito horas. Devemos nos concentrar no porquê. Por que mataram o Mitter?

— Partimos do princípio de que se trata do mesmo assassino?

— Sim — respondeu Van Veeteren. — Se não for o mesmo, então estamos diante de uma questão completamente diferente... E aí, não conseguiremos resolver este caso tão cedo, pelo menos não com o nosso método... Mas, não, que diabo, trata-se de um único assassino, tenho certeza disso. Mas por quê? E por que exatamente agora?

— Porque foi avisado.

Você acha?

— Foi o senhor mesmo que disse isso.

— Depois das dez, pode me chamar de você.

— Você afirmou que o próprio Mitter deve ter avisado o assassino... O Mitter deve ter se lembrado de algo que tinha a ver com o primeiro homicídio.

— Partamos do princípio de que tenho certeza disso. Mitter avisou o assassino de que se lembrou dele.

Ou a assassina, de que se lembrou dela.

— Isso é provável?

— Não.

— Vamos partir do princípio que seja um homem. Próxima pergunta, Münster.

Münster coçou a nuca.

— Como? — disse Münster. — Como foi que ele informou o assassino.

— Certo de novo. Você está em excelente forma, Münster.

— E por que não avisou à polícia?

— Pensemos nisso mais tarde — respondeu Van Veeteren. — Vamos por partes. Como? O que você acha?

— Bom... que ele telefonou ou escreveu uma carta. Não acho que tenha passado um *fax*.

As bochechas pesadas de Van Veeteren moveram-se de tal forma que poderiam ser compreendidas como um sorriso. Mas tudo aconteceu tão rápido, que Münster não tinha mais certeza do que vira.

— Ele escreveu — esclareceu Van Veeteren.

— Como é que você sabe?

— Porque me informei. Ouça, posso te explicar tudo que aconteceu. O Mitter escreveu uma carta na segunda-feira, dia 18, que foi colocada no correio no mesmo dia. Ele pediu aos funcionários papel, um envelope e uma caneta. Pelo visto, eles trancam tudo a chave e vão liberando o material à medida que os pacientes pedem. Claro que apenas se o paciente se comportar. Parece que eles trancam absolutamente tudo a sete chaves naquele prédio... A não ser pelos pacientes; esses, em compensação, são medicados. Bom, de qualquer forma, sabemos que ele enviou uma carta na segunda-feira. Se considerarmos que o assassino mora na cidade ou pelo menos nas redondezas, então, ele deve ter recebido a carta na terça. Ele deixa passar a quarta e ataca na quinta-feira à noite... Fantasia-se feito um idiota, vai para o setor, fica aguardando na maior calma... Mantém-se escondido durante oito ou nove horas... Você está acompanhando, Münster? Esse filho-da-puta fica aguardando oito ou nove horas até o momento de atacar. Surpreendente, se você me perguntar. A gente não está lidando com um idiota qualquer aqui, e eu acho que temos que nos conscientizar disso.

Münster concordou. O cansaço estava passando agora. Olhou pela janela. Os contornos da catedral e dos prédios na Karlsplatsen se delineavam no céu noturno e, aos poucos, ele foi tendo aquela sensação recorrente durante o início das investigações, quando, cedo ou tarde, se sentia obrigado a permanecer acordado na cama, embora estivesse tonto de cansaço. Em algum lugar, lá embaixo, estava o assassino... Um dos 300 mil habitantes desta cidade havia assassinado duas pessoas, e cabia a eles — a ele próprio e a Van Veeteren —, era a sua maldita obrigação e dever, encontrá-lo... ou encontrá-la. Ia dar uma trabalheira desgraçada. Seriam milhares de horas de trabalho e, no final das contas, quando se chegasse a uma conclusão, teria que se admitir que todo aquele tempo empregado tinha sido em vão. Naquele momento, estaria claro que, se o caminho tomado desde o início tivesse sido este ou aquele, o caso teria sido desvendado em apenas dois dias e não passados dois meses.

Mas esse era apenas o começo. No fundo, ainda não se sabia de nada. Só havia Van Veeteren e ele próprio, trancados naquela sala desarrumada, trancados com perguntas e respostas e suposições, e a longa e cruel procura pelo caminho certo. Sim, isso porque, se não o encontrassem, se enveredassem pelo caminho errado logo de saída, então, existiria a possibilidade de, dois meses depois, terem desperdiçado milhares de horas de trabalho sem um assassino para prender. E isso era um tormento, a possibilidade de se encontrar no fim de uma rua sem saída e saber que a única solução seria começar tudo de novo. A primeira encruzilhada era sempre a mais importante.

— Nós nos enganamos — disse Van Veeteren, como se tivesse lido os pensamentos de Münster. — Prendemos o Mitter e agora ele está morto. Devemos pelo menos isso a ele, encontrar o verdadeiro assassino desta vez.

— Fiquei pensando numa coisa — revelou Münster. — Esses assassinatos são tão diferentes. No caso de se tratar do mesmo assassino, quero dizer. O segundo foi tão mais... profissional do que o primeiro. Quem sabe se o Mitter não estava presente durante o primeiro. Ele parece menos planejado... malfeito. Este aqui é muito mais... frio.

Van Veeteren concordou.

— É, eu sei. Ele sentiu o gosto de sangue e aprendeu. Agora, voltando à carta. Você está prestando atenção?

— Claro.

— O Mitter escreve uma carta para o assassino, para aquele que ele desconfia ter tido algo a ver com a morte da mulher...

— Espere! — interrompeu Münster. — Como sabemos se ele realmente escreveu para o assassino? Também poderia ter sido uma carta absolutamente inocente... para um conhecido.

— As investigações continuam — lembrou Van Veeteren e colocou um palito novo no canto da boca. — Mas ainda não estamos prontos. Aqueles que são mais próximos a ele, a ex-mulher, os filhos ou seus melhores amigos, ninguém recebeu uma carta. Ainda não conseguimos contatar algumas pessoas, Petersén e Stauff estão cuidando disso... mas não acredito que encontrem alguém.

— Mas isso também pode querer dizer que...

— Claro, é bem possível que um deles seja o assassino, mas também não faz mal algum ele notar que não somos idiotas. Aí, quando cruzarmos com ele em algumas semanas, basta prendermos o cara. Um assassino que permaneceu sob tortura durante um período de tempo é algo muito especial.

Münster aquiesceu.

— Voltando à carta — insistiu Van Veeteren. — Partamos do princípio que a carta devia informar algo ao assassino. Perguntas, Münster?

— Sim, o endereço, claro. Será que alguém viu o envelope? Embora ache que seja improvável...

— Exatamente. Aqueles ceguetas na Majorna não viram nem uma sujeirinha, nem uma letrinha sequer. E o pior é que um desses caras ficou olhando enquanto o Mitter escrevia a carta!

— Como assim?

— Não sei. Ou eles ficam observando por motivos de segurança, ou o cara estava escrevendo alguma tese... sobre a relação entre ser esquizofrênico e canhoto... sei lá. O importante é que, e agora preste atenção porque isto é fundamental... um enfermeiro dá papel, envelope, caneta e um selo ao Mitter... Este se senta na sala de reuniões, é assim mesmo que chamam a sala, e escreve a carta. Precisa de apenas dez minutos para isso, dá a carta ao enfermeiro, que a joga na caixa de correio na saída, duas horas mais tarde, quando termina o turno. Até então, a carta ficou no bolso do jaleco. Dá para imaginar a situação?

— Claro.

— E o que lhe chama a atenção?

Münster fechou os olhos. Encostou a cabeça na parede e pensou.

— Não sei...

— O endereço.

— Como assim?

— Pense, Münster, mas que diabos! Se você não acertar essa, jamais apoiarei sua promoção.

— Mas é claro... Como é que ele sabia o endereço?

— Do assassino, isso mesmo...

— Agenda de endereços?

— Não. Não tinha... Nem no resto do hospital, quero dizer.

— Lista telefônica?

— Não tem na sala de reuniões.

— E ele ficou lá o tempo todo?

— O enfermeiro disse que não o perdeu de vista nem por um segundo. O tempo todo, não me pergunte por quê. Entre as salas existe uma porta de vidro. Ele diz ter fumado dois cigarros. Pelo visto, uma marca que agüenta cinco minutos...

— Se realmente levasse seu trabalho a sério, teria, pelo menos, dado uma olhadinha na carta.

Van Veeteren grunhiu.

— Você acha que eu também não teria dito isso a ele? Mas isso ainda não quer dizer que teria nos ajudado, muito letrado ele não me pareceu. Do tipo que não sabe qual dos lados da caneta se segura para baixo.

Münster riu por obediência.

— Mas tanto faz — concluiu Van Veeteren. — Ninguém viu o que o Mitter escreveu no envelope. Ele não usou nem uma agenda de endereços, nem uma lista telefônica, ou qualquer outra coisa. Isso significa...

— Que ele sabia o endereço de cor. Mas é isso mesmo!

— Acertou. Embora eu tenha conseguido deduzir isso um pouco mais rapidamente. Quantos endereços você sabe de cor?

Münster refletiu.

— Enumere-os — ordenou Van Veeteren.

— O meu próprio — começou Münster.

— Parabéns — aplaudiu Van Veeteren.

— O dos meus pais...

— E...?

— O da minha infância, em Willby...

— Faz tempo demais...

Münster hesitou.

— O da minha irmã em Hessen, acho.

E se calou.

— E o daqui, naturalmente — acrescentou Münster depois de uma pausa.

Van Veeteren procurou outro palito, mas, aparentemente, seu estoque tinha chegado ao fim.

— Isso é tudo? — perguntou.

Münster assentiu.

— Você tem 42 anos e sabe quatro endereços de cor. Uma realização e tanto. Eu só sei três. O que você conclui disso?

— Ele escreveu para alguém muito... próximo.

— Ou?

— Para si próprio?

— Imbecil — agrediu Van Veeteren. — Ou?

— Ou para o seu local de trabalho.

Van Veeteren cruzou as mãos na nuca e se espreguiçou na poltrona da escrivaninha.

— O Colégio Bunge — disse ele. — Quer uma cerveja?

Mais uma vez, Münster aceitou. Van Veeteren olhou para o relógio.

— Se você me levar para casa, pode me convidar para uma geladinha... Que tal no Kraus?

Münster vestiu o sobretudo.

Isso deve ser uma honra, pensou ele.

— Porra, é mesmo, hoje é sexta-feira — constatou Van Veeteren, enquanto abriam caminho para chegar ao balcão.

Segurando as canecas cheias de espuma, sentou-se entre duas moças à força, num sofá. Ele acendeu uma cigarrilha e, dois minutos depois, Münster também já tinha onde se sentar.

— Bunge ou um bom amigo — disse Van Veeteren. — Quanto aos amigos, pode esquecer. Algo de errado?

— Sim — disse Münster. — Pelo menos um... um nome completamente diferente.

— Como assim?

— Se alguém tem um nome completamente diferente, o correio entrega as cartas mesmo sem ter o endereço correto. Digamos que a pessoa se chame Dalmatinenwinckel ou algo assim.

— Droga, o que você está querendo dizer?

— Dalmatinenwinckel. Conheci uma mulher que se chamava assim. E bastavam o nome e a cidade, o nome da rua já era supérfluo.

— Que bom que você não se casou com ela — retorquiu Van Veeteren. — Mas você tem razão, precisamos designar alguém para investigar os correios.

Ele bebeu bastante e ficou estalando a língua, satisfeito.

— O que faremos agora? — perguntou Münster. De repente, o cansaço começou a tomar conta dele novamente. Afundado no canto do sofá, a fumaça queimava seus olhos. Já passava de onze e meia. Fez os cálculos de quanto tempo levaria para terminar a cerveja, levar o detetive-chefe para casa, seguir na direção do subúrbio onde morava, tirar a roupa, tomar uma ducha, e concluiu que, dificilmente, conseguiria deitar-se ao lado da Synn antes das três...

Suspirou. Synn lhe era bem mais importante naquele momento do que a caça ao assassino e, lá no fundo, isso certamente era um bom sinal.

— Você se encarrega do colégio — determinou Van Veeteren. — Junto com o Reinhart. Acredito que vocês só poderão dar início à investigação na segunda-feira.

Münster concordou, agradecido.

— Naturalmente, a carta é o primeiro passo. É possível que estejamos completamente errados, mas se tivermos muita sorte... aí, alguém se lembrará de algo, e logo saberemos de tudo. Teremos o nosso homem, Münster, e de imediato.

Münster não respondeu.

— Mas não acredito que tenhamos muita sorte. Investigue como funciona o sistema do correio na escola, quem faz a distribuição, se cada um tem seu próprio escaninho ou algo assim. É óbvio que você estará procurando um envelope da clínica, mas, infelizmente, eles não têm nada de especial. São iguaizinhos a qualquer outra merda de envelope. E tome cuidado... A existência dessa carta não precisa se tornar conhecimento público.

— São quantos professores lá? — perguntou Münster.

Van Veeteren fez uma careta.

— Setenta, acho. E devem receber meia tonelada de correspondência por semana.

Münster não conseguiu concluir se aquilo era ou não um exagero.

— E alunos? — indagou.

— Setecentos — suspirou Van Veeteren. — Esses não devem receber muitas cartas enviadas à escola, mas setecentos indivíduos é muita coisa.

— Uma vez, li um romance policial — contou Münster — no qual um aluno começava a executar seus professores. Ele já tinha levado nove para o além antes de conseguirem pegá-lo.

— Nada mais natural — retorquiu Van Veeteren. — Tive exatamente a mesma vontade quando estudava no Bunge.

— E que faremos depois? Os álibis?

— É. Pergunte a cada professor, separadamente. Diga ao Reinhart que deve ser duro com eles, porque se trata de apenas um curto espaço de tempo. De quinta-feira à tarde até sexta-feira de manhã... Ele já pode começar amanhã. Aqueles que não conseguem se lembrar podem ir direto para a cadeia.

— E quanto a Eva Ringmar? Ou já temos o suficiente sobre ela?

— Ah! Pergunte de novo, mal não vai fazer. E, Münster, se vocês encontrarem pessoas que tiveram a possibilidade em ambos os casos... então aguarde um pouco, porque eu também vou querer dar meu palpite.

Ele levantou a caneca de cerveja e esvaziou-a.

— Bom! — exclamou. — Quer mais uma?

Münster balançou a cabeça.

— Então, não... É, também já está ficando tarde. Bem, o Rooth e o deBries continuam investigando na clínica, depois poderão dar uma volta pelas vizinhanças... Cedo ou tarde teremos que descobrir o que aconteceu com Eva Ringmar.

— E o que é que você pretende fazer?

Van Veeteren permaneceu calado a princípio.

— Primeiro, vou dar uma olhadinha no peruqueiro — disse, finalmente. — Você sabia que há 11 lojas na cidade onde se pode alugar ou comprar uma peruca?

— Nossa! — surpreendeu-se Münster. — Não fazia idéia!

— Pois é, além disso, ainda tenho uma ou outra pista menos consistente — concluiu Van Veeteren e jogou a guimba da cigarrilha na caneca. — Sabe o que eu acho, Münster?

— Não.

— Acho uma história e tanto. Uma história horrível mesmo.

27

Ele tomou a estrada pelo urzal. Ia levar algumas horas a mais, mas essa era a sua intenção.

Sozinho atrás do volante, ao som de Julian Bream e Tarrega, e a paisagem árida como proteção e filtro contra as realidades extremamente invasivas; foi mais ou menos isso que ele tinha imaginado. Até o carro ele tinha escolhido com certo cuidado. Um Toyota vermelho, quase novo, com as janelas escurecidas e caixas de som possantes na frente e atrás.

Ele tinha saído antes das oito; era uma manhã escura e nevoenta, mas a névoa cedia mais e mais, enquanto as nuvens pesadas e pretas permaneciam imóveis. Quando parou para almoçar num restaurante em Moines, a cidade ainda permanecia envolta em tufos de nevoeiro espesso, que pareciam vir bailando do urzal. Apercebeu-se de que seria um daqueles dias em que a luz simplesmente não conseguiria se impor e vencer a escuridão.

Enquanto comia um prato de peixe com muita cebola e vinho, deixou o pensamento retornar ao dia anterior, de resultados insatisfatórios. Ele havia perdido mais de oito horas entrevistando os funcionários das diversas peruquerias, um empreendimento desanimador e solitário, que, visto a sua posição, poderia ter delegado a outra pessoa, mas preferiu fazer ele próprio. No final, quando já se encontrava sentado atrás de sua escrivaninha, ele pôde, ao menos, constatar que na semana anterior nenhuma das 11 lojas havia alugado, vendido ou perdido uma peruca que tivesse qualquer semelhança com a que o assassino usara na Majorna.

Mas ele também não tinha esperado que isso fosse acontecer. Por que alguém tão inteligente e de tamanho sangue-frio, como aparentemente era a pessoa com a qual estavam lidando, se comportaria de forma tão desleixada? Mas isso devia ser investigado, e agora estava feito.

Nem os médicos-legistas nem a perícia tinham alguma resposta elucidativa para dar. As conclusões de Meusse haviam sido confirmadas até o último dos detalhes, sem que a análise derradeira e mais minuciosa tivesse alterado o resultado. Dava a impressão de que, no que se refere ao local do crime, não se tratava de uma unidade de uma clínica psiquiátrica e sim de uma sala de operações.

À noite, entretanto, surgiu uma faísca de luz, mas não tinha nada a ver com as investigações. Ele estava a ponto de ir dormir, quando Renate telefonou e afirmou que não seria uma idéia muito boa se eles reatassem. Pelo menos, não havia tanta pressa. Tudo tem seu tempo, tinha dito, e, excepcionalmente, ele concordara com ela. A conversa chegou ao fim de forma harmoniosa, e ela conseguiu até arrancar dele a promessa de visitar o filho preso quando tivesse tempo.

À tarde, continuou viagem pelas ruas estreitas e sinuosas do urzal, seguindo o rio, enquanto a névoa ficava mais espessa à medida que escurecia, e, nesse ponto, chegou à abertura ilusória que havia esperado. A própria essência do desenraizamento... onde a passagem da paisagem e do tempo tornava-se contagioso e dava a impressão de movimento também em outros aspectos. Pensamentos e desenhos e deduções fluíam por sua mente, sem esforço e sem encontrar resistência, acompanhados dos ritmos elegantes do violão.

Mas a direção desses movimentos em crescendo também seguia a escuridão que ia se adensando. Este caso — as duas mortes — tinha algo que o deixava de mau humor e o deprimia. Uma sensação de repugnância e impotência o dominou; a sensação parecia, talvez, com aquela que sentia antigamente, sempre que era confrontado com um ato de violência... Quando ainda era um jovem e entusiasmado agente da criminalística, que acreditava no bem. Mas ele havia mudado, o convívio diário com um certo tipo de delito o havia embotado.

Essas percepções vinham acompanhadas da sensação de que sabia mais do que compreendia. A sensação de que havia um fio condutor que ele poderia descobrir e estudar com mais afinco, algum detalhe ou associação que lhe havia passado despercebido e que, visto claramente, acabaria por se tornar a chave que resolveria todo o enigma.

Tratava-se, entretanto, de algo muito vago, talvez apenas uma esperança vã, já que ele não tinha mais nada; e, como sempre, nada de concreto se apresentava esta tarde. Era e continuava sendo tatear no escuro. O que aumentava, o que crescia nele, era uma inquietação... Uma inquietação porque estava demorando demais, porque ele poderia se enganar novamente, porque o mal poderia se manifestar como algo muito mais poderoso do que ele gostaria de admitir.

O mal?

Esse não era um conceito com o qual ele gostaria de ser confrontado.

A mulher que abriu a porta tinha um exuberante topete vermelho. O detetive teve a impressão de que o parto poderia ser em poucos minutos.

— Van Veeteren — apresentou-se. — Telefonei ontem. É a Sra. Berger?

— Seja bem-vindo — disse sorrindo e acrescentou, como se tivesse lido seus pensamentos —, não se preocupe, ainda vai levar um mês. Mas eu sempre fico assim quando engravido.

Ela tomou-lhe o casaco e acompanhou-o à sala de estar. Apresentou-o aos filhos, um menino de quatro ou cinco anos e uma menina de dois talvez; já fazia tempo que ele não conseguia mais avaliar a idade de crianças pequenas.

Ela ficou em pé perto da escada e gritou algo para cima, ao que uma voz respondeu que estava indo. A senhora Berger convidou Van Veeteren a tomar lugar numa poltrona de vime, que fazia parte de um conjunto estofado em frente à lareira. As crianças fizeram uma avaliação do hóspede e decidiram seguir a mãe.

Van Veeteren permaneceu sozinho durante alguns minutos. Ele pôde constatar que a casa da família Berger não caracterizava qualquer falta de dinheiro. Ela estava localizada na periferia do lugarejo e os vizinhos encontravam-se agradavelmente distantes; os campos e prados começavam imediatamente atrás do jardim. Sobre o exterior, ele ainda não havia conseguido formar uma idéia concreta, mas a decoração demonstrava bom gosto e meios para satisfazê-lo.

Era possível que tivesse se arrependido, por um momento, de ter aceitado o convite. Não era ideal fazer perguntas ao anfitrião durante o jantar. Não fica bem morder a mão de quem o alimenta, pensou ele; é bem mais fácil observar alguém que está sentado do lado oposto de uma mesa bamba de plástico, numa cela de detenção suja.

Mas daria tudo certo! Afinal, ele não pretendia submeter esse Andreas Berger a um interrogatório, embora provavelmente não lhe fosse fácil abrir mão desse prazer. Havia vindo para formar uma opinião... Não era só isso? Porque ele tinha o maior respeito pelas conclusões às quais Münster havia chegado — mais até do que o próprio Münster poderia avaliar —, mas sempre havia uma possibilidade, por menor que fosse, de ele próprio descobrir algo. Algo que, talvez, só fosse possível desvendar com certa perspicácia, intuição ou, até, uma fantasia pervertida muito particular...

Além disso, quatro olhos vêem mais do que dois.

Esse menino, por exemplo... Ele não é velho demais? Talvez não fosse uma má idéia calcular quando foi concebido... Porque se a nova Sra. Berger, cujo nome ele desconhecia, já estivesse grávida enquanto o Sr. Berger ainda estava casado com sua primeira esposa... Aí, sim, tudo mudaria de figura.

Andreas Berger correspondia, *grosso modo*, à imagem que Van Veeteren havia feito dele. Musculoso, desenvolto, por volta dos 40; camisa pólo, jaqueta e calça de veludo cotelê. Tinha a aparência de um intelectual.

O protótipo do bem-sucedido, pensou o detetive. Poderia aparecer em qualquer filme publicitário. De xampus e desodorantes a ração de cachorro e planos de aposentadoria. Que ótimo!

O jantar demorou uma hora e meia. A conversa transcorreu despretensiosa e educada; após a sobremesa, as crianças e a esposa se retiraram. Os senhores sentaram-se nas poltronas de vime. Berger ofereceu isso e aquilo, mas Van Veeteren contentou-se com um uísque diluído e um cigarro.

— Eu tenho que achar o caminho de volta para o hotel — explicou-se.

— Por que o senhor não passa a noite aqui? A gente realmente tem lugar de sobra.

— Não tenho dúvida disso — concordou o detetive —, mas já me instalei e prefiro dormir onde se encontra minha escova de dentes.

Berger deu de ombros.

— Além disso, tenho que ir embora amanhã cedo — completou Van Veeteren. — O senhor se incomodaria se fôssemos direto ao assunto agora?

— Claro que não. Pode começar. Se eu puder ajudar a esclarecer algo nessa série de acontecimentos terríveis, o farei com prazer.

— Como o senhor soube que Eva estava lhe traindo? — começou o detetive.

Estava jogando verde, mas percebeu imediatamente que ia colher maduro. Berger ficou tão abalado, que o cubo de gelo que estava a caminho do seu copo acabou no chão.

— Droga! — exclamou e começou a procurar no tapete felpudo.

Van Veeteren esperou, pacientemente.

— Mas que diabos o senhor quer dizer com isso?

Aquilo tinha tal grau de diletantismo que o detetive quase soltou uma gargalhada.

— O senhor descobriu por si só ou ela lhe contou? — perguntou.

— Não sei do que o senhor está falando, Sr. Detetive.

— Ou alguém de fora lhe deu uma pista?

Berger hesitou.

— Afinal, como é que o senhor sabe disso, Sr. Detetive?

— Eu faço as perguntas. O senhor as responde.

Berger emudeceu. Bebericou do copo.

— O senhor realmente foi muito solícito — disse Van Veeteren, fazendo um movimento vago com a mão que incluía o jantar, o vinho, o uísque, a lareira acesa e tudo o mais que Berger ainda havia oferecido. — Mas, agora, acabou o prazo de reflexão.

— Entendi — retorquiu Berger. — Havia outra pessoa... Isso, isso mesmo.

— O senhor não sabe ao certo?

— Nunca... foi confirmado.

— O senhor quer dizer que ela nunca confirmou?

Berger deu uma risada curta.

— Confirmar? Não, nunca. Ela sempre negou, como se sua vida dependesse disso.

O que poderia ser o caso, pensou Van Veeteren.

— Poderia ser mais específico?

Berger acomodou-se confortavelmente e acendeu um cigarro. Tragou duas vezes, com vontade, antes de responder. Estava claro que precisava de dois segundos para refletir sobre a situação antes de começar a falar. Van Veeteren concedeu-lhe o seu tempo.

— Eu os vi — disse Berger, finalmente. — Na primavera de 1986, em março ou abril. Eu os vi juntos, duas vezes, e tenho motivos para acreditar que se encontraram repetidas vezes até meados de maio... Claro, naturalmente notei que ela estava diferente. Ela não era mulher de conseguir guardar segredos... De certa forma, estava escrito na testa dela que algo estava errado. É isso, o senhor deve saber o que quero dizer, Sr. Detetive.

O detetive aquiesceu.

— Poderia ser mais específico sobre quando começou?

— Na Páscoa. Foi na Quinta-feira Santa de 1986, não me lembro da data precisa. Foi uma daquelas coincidências únicas. Depois, cheguei a pensar muito sobre isso. Eu a vi num carro, durante a hora do almoço. Eu tinha que ir ao outro extremo da cidade para me encontrar com um cientista, em Irgenau, e os dois estavam na minha frente, em outro carro.

— E o senhor tem certeza de que era sua mulher?

— Absoluta.

— E o homem?

— O senhor quer dizer, quanto à aparência?

— É.

— Não sei. Ele estava dirigindo. A Eva estava sentada ao seu lado; só via o perfil dela quando virava a cabeça para dizer algo a ele; dele, só dava para ver os ombros e a nuca. Eles estavam na pista da direita e eu tinha que seguir em frente... Quando o sinal abriu, eles dobraram a esquina. Eu não teria podido segui-los, mesmo que quisesse. Acho que... acho que também estava um pouco chocado.

— Chocado? O senhor não podia ter certeza se se tratava realmente de... infidelidade. Será que a sua esposa não poderia estar naquele carro por motivos absolutamente honrosos?

— Lógico, e eu tentei convencer-me disso. Mas a reação dela quando perguntei a respeito foi bastante... clara.

— Como assim?

— Ela ficou transtornada. Jurou ter passado o dia todo em casa, disse que eu estava enganado ou que mentia para prejudicar nossa relação. E ainda disse muito mais nesses termos.

— E ela não poderia ter tido razão?

Não... É óbvio que eu até comecei a duvidar que tivesse visto bem, mas, duas semanas depois, aconteceu a mesma coisa. Um colega os viu numa lanchonete. Foi tão constrangedor... Ele contou incidentalmente, como se fosse uma piada, mas creio que perdi o controle.

— E o que Eva alegou dessa vez?

— A mesma coisa. E era isso que era tão estranho. Ela negava tudo, se descontrolava, afirmava que meu colega era um mentiroso e que jamais havia posto os pés naquela lanchonete. Mas o fato é que tudo era tão evidente, e eu realmente achava aquilo tão indigno, mentir assim... Ainda mais, repetidas vezes. Cheguei a dizer que conseguiria conviver melhor com sua infidelidade do que com as mentiras... E o curioso é que ela parecia concordar.

— E o que aconteceu depois?

Berger deu de ombros.

— É claro que a nossa relação começou a se deteriorar... A Eva acabou se tornando, por assim dizer, uma estranha. Fiquei quebrando a cabeça e me questionando cada vez mais... E também a questionava, mas ela se recusava a falar a respeito. Quando eu falava sobre o assunto, ela se fechava como uma ostra. É, foi uma época absolutamente terrível. E ainda ia ficar pior. Eu simplesmente não tinha contado com algo assim. Estávamos casados havia cinco anos e nos conhecíamos há dez, e até então, nunca havíamos tido problemas semelhantes. O senhor também é casado, Sr. Detetive?

— De certo modo, sou.

— Hum... Entendo. Vez por outra, ainda acreditava que tinha me enganado. Tudo parecia tender em favor dela... Eu era a causa de todo o mal, já que a tinha acusado. É, eu sei, no final, tudo me pareceu uma *folie à deux*, se entende o que quero dizer...

— Não me subestime.

— Perdoe-me.

— O senhor disse que ainda a surpreendeu diversas vezes?

— Sim, mas não de forma tão evidente. Eu via uma sombra... escutava conversas telefônicas.

— Dava para saber do que estava falando?

— Não. Mas eu não tinha dúvida.

— Entendo.

— Também a peguei mentindo duas vezes... Uma vez, ela afirmou não ter saído o dia todo, mas eu tinha passado na hora do almoço e encontrado a casa vazia... A outra, ela disse ter ido ao cinema com uma amiga para ver um filme que já não estava mais em cartaz fazia tempo...

— E o que ela respondia?

— Nunca mais a confrontei com isso, não sabia o que fazer. Acho que só estava esperando por uma decisão. Toda a situação me pareceu tão irreal, eu simplesmente não sabia como me comportar.

— Nunca conversou com alguém a respeito?

— Não... Infelizmente, não. Pensei que passaria... Que acabaríamos encontrando uma solução.

Van Veeteren concordou.

— Aquilo é um Vrejsman? — E apontou para a aquarela sobre a lareira.

— É, isso mesmo — respondeu Berger, surpreso. — O senhor é um conhecedor de arte, Sr. Detetive?

— Sou — afirmou Van Veeteren. — Conheço Rembrandt e Vrejsman. Vrejsman é meu tio. O senhor tem certeza, Sr. Berger?

— Certeza? Não sei se estou entendendo...

— De que ela era infiel. Esses encontros não poderiam ter tido outro motivo?

— Qual, por exemplo?

Van Veeteren abriu os braços.

— Não me pergunte. Mas o que o senhor viu não era muito comprometedor. Afinal, o senhor não a surpreendeu na cama.

— Também não precisava.

— E por que o senhor não contou tudo isso durante a conversa com o detetive Münster?

Berger hesitou.

— Porque... simplesmente não houve oportunidade. Também parti do princípio que não era importante. E ainda acho que não é.

Van Veeteren ficou em silêncio. Berger estava ligeiramente irritado, dava para ver claramente. O detetive tinha vontade de deixá-lo passar a noite numa cela para poder interrogá-lo no dia seguinte, o que teria facilitado a transição. Enquanto ainda estava decidindo como continuar, a esposa de Berger apareceu para chamar o marido ao telefone.

O diabo protege os seus, pensou o policial. Berger sumiu e, durante os dez minutos que se seguiram, ele ficou fitando a brasa e as labaredas azuis enquanto repensava as experiências que ele próprio havia tido no quesito adultério.

Eram duas no total, a última fazia 18 anos e havia sido tão catastrófica quanto a primeira. Seu casamento, por si só, tinha sido uma catástrofe, embora isso acabasse sendo uma vantagem, já que nenhum dos atingidos tivesse sido uma vítima inocente.

Talvez não fosse uma má idéia abordar o casamento de Andreas Berger e Eva Ringmar mais detalhadamente. Decidiu que merecia mais um uísque ralo enquanto aguardava a próxima rodada... e pretendia bebê-lo um pouco mais rapidamente do que o primeiro. O relógio sobre a lareira marcava nove e meia e, embora ele não levasse mais em consideração as normas de etiqueta, sempre havia um limite.

Acendeu um cigarro e colocou outros quatro no bolso da camisa.

28

— Poderia me contar algo sobre o acidente, Sr. Berger? Prometo que procurarei não abusar demais de sua boa vontade.

Berger ficou atiçando o carvão em brasa. Depois, sentou-se durante algum tempo com os braços entre os joelhos, fitando o fogo e, finalmente, disse:

— Foi em 1º de junho, um sábado. Tínhamos sido convidados pelos Molnar, um colega meu e sua esposa, que têm uma casa no alto, próximo à região dos lagos. A intenção era pernoitar lá. Quando nos sentamos para comer, nos demos conta de que o Willie tinha desaparecido. Ele tinha acabado de completar quatro anos... O casal Molnar tem dois filhos um pouco mais velhos e todos estavam brincando juntos no jardim. Willie tinha dito que precisava ir ao banheiro... Só o encontramos no domingo de manhã. Pescadores o descobriram numa enseada... A correnteza o arrastara por quase 3 quilômetros.

Ele ficou em silêncio e acendeu um cigarro.

— Qual a distância até o lago?

— Cem metros, apenas. Nós havíamos tomado banho no lago, mais cedo naquela manhã, mas o Willie sabia que estava proibido de ir sozinho para perto da água.

— A causa da morte foi comprovada?

— Foi, mas não havia muito que dizer. Aparentemente, o Willie foi para a ponte e caiu na água. Ele estava completamente vestido, portanto não tinha ido tomar banho por conta própria... A gente realmente tem que falar sobre isso? Afinal, eu já contei tudo isso ao seu colega... Münster é o nome dele, não é?

Van Veeteren confirmou.

— A reação da Eva... Poderia descrevê-la para mim? Eu entendo que o senhor não vê graça nenhuma nisto, mas estou procurando um assassino, Sr. Berger. Alguém assassinou Eva Ringmar e alguém assassinou seu segundo marido, Janek Mitter... Deve haver algum motivo para isso. Infelizmente, temos que investigar todos os indícios.

— Entendo. Espero que o senhor compreenda o trauma que é perder um filho. Que adultos morram é aceitável, mesmo que ocorra de repente e que seja inesperado, mas quando um garoto de apenas quatro anos... é arrancado... aí se tem a impressão de que tudo... tudo mesmo... perde a razão de ser. E qualquer reação deve ser considerada normal.

— Eva reagiu muito mal?

Berger confirmou.

— Muito mal.

Ficaram em silêncio. Berger serviu-se de um dedo de uísque.

— O senhor aceita?

Van Veeteren balançou a cabeça. Berger espetava com o pegador de gelo no balde, mas não conseguia pegar nada. Colocou o pegador na mesa e tentou com a mão. Deixou cair três ou quatro cubos derretidos no copo e lambeu os dedos.

Onde foram parar os modos dele?, pensou o detetive.

— A Eva, bem... — continuou Berger —, pode-se dizer que ela, simplesmente, perdeu o controle.

— Como?

— Como? Ela ficou histérica, completamente louca. Era impossível consolá-la ou ouvir dela algo que fizesse sentido. Só pensava em se suicidar, tivemos que vigiá-la 24 horas por dia. E, claro, precisou tomar calmantes.

— Quanto tempo durou isso?

— Todo o verão. Foi... foi um verdadeiro inferno, Sr. Detetive. Eu simplesmente não tive a oportunidade de processar a minha perda, precisava de todas as forças para manter a Eva viva. Como eu era o mais forte, tive que arcar com todo o peso. Mas enfim... As coisas são assim mesmo.

Ele deu uma gargalhada.

— 1986 não é um ano que eu gostaria de repetir, Sr. Detetive. Nesse ano aconteceu de tudo; provavelmente, eu deveria ter ido a um astrólogo e perguntar o que estava escrito nas estrelas. Elas devem ter se agrupado em constelações monstruosas!

— A Eva continuava em casa ou estava internada?

— Os dois... No início, permanecia mais no hospital. Ela precisava ser vigiada o tempo todo... Eu também estava quase sempre lá. Com o passar do tempo, eu a trazia cada vez mais freqüentemente para casa, mas não tinha coragem de deixá-la sozinha. Só comecei a trabalhar novamente em outubro.

— Mas ela havia melhorado?

— Sim, depois do verão, eu sabia, pelo menos, que ela não queria mais se suicidar.

— Vocês conversaram sobre o acidente?

— Nunca. Claro que eu tentei, mas era impossível. Jamais mencionamos o Willie novamente, ela me obrigou a jogar fora tudo que era dele... Algumas coisas eu escondi. Era como se ele nunca tivesse existido, como se ela quisesse eliminar até mesmo as lembranças que tinha dele.

— Fotos?

— A mesma coisa... Eu dei as minhas fotos para um bom amigo guardar.

— O senhor não achou a reação dela estranha?

— Claro que achei. Conversei com diversos psicólogos e psiquiatras, e é óbvio que o comportamento da Eva era psicótico. Mas tinha melhorado em comparação ao verão. Havia dias em que seu comportamento era quase normal.

— E ela tinha ajuda?

— Psiquiátrica? O tempo todo.

— Quando ela começou a beber?

— Acho que foi quando comecei a trabalhar de novo... Talvez até um pouco antes. Mas começou mesmo quando ficou sozinha em casa.

— Por que ela não trabalhava?

— Conversamos sobre isso... Desde que o Willie nasceu, ela ficou em casa. Pensei que tudo ficaria mais fácil para ela se fosse trabalhar. E acho que ela também concordava com isso, mas acabamos postergando tudo. De qualquer forma, ela ainda não estava em condições de ficar em frente a uma sala de aula na época.

— Geralmente, isso não é um obstáculo — disse Van Veeteren, e Berger deu um sorriso forçado. — E aí ela começou a beber cada vez mais?

— Isso mesmo. Foi muito rápido... De repente, ela parecia uma esponja. Todo dia, quando eu voltava para casa, ela estava completamente bêbada... Ela conseguia entornar quatro a cinco garrafas de vinho por dia... Um horror! Em novembro, é, devia ser por essa época, percebi que essa situação era insustentável. Ela estava simplesmente se embebedando até morrer. Liguei para um velho amigo no Rejmershus e ela foi internada imediatamente. Acho que essa foi a salvação, ali conseguiram realmente ajudá-la. Ela ficou lá até maio... maio de 1987, e, a partir de então, voltou a agir normalmente.

— Quando se separaram?

— Em abril. Foi a Eva quem quis assim. Não havia como demovê-la da decisão. Desde o início, durante a pior fase, ela já dizia que queria se separar... Isso mesmo, droga!

De repente, de pura amargura, sua voz sumiu. Já não era sem tempo, pensou Van Veeteren. Procurou um palito de dentes num dos bolsos da camisa, mas acabou encontrando um cigarro. Acendeu-o e ficou aguardando o que Berger diria a seguir. Mas ele não disse nada.

— Deve ter sido horrível mesmo — opinou Van Veeteren, finalmente. — Sua mulher o trai, seu filho morre, sua mulher age como uma louca... O senhor a traz de volta para a vida. E, em agradecimento, ela o abandona...

Berger riu, secamente.

— O senhor a amava?

— O que o senhor acha?

— Durante quanto tempo?

— Até novembro mais ou menos... A bebedeira, os vômitos e todas as humilhações realmente passaram da conta.

— Entendo.

— É possível que eu tenha novamente tido algumas esperanças em janeiro, fevereiro, quando ela já estava bem melhor, se bem que...

— Se bem quê?

— Naquela época, eu já tinha conhecido a Leila.

Van Veeteren aquiesceu com a cabeça. Em silêncio, refletiu sobre o assunto, depois, levantou-se. Em pé, fez as últimas perguntas, enquanto Berger ainda estava sentado na poltrona, brincando com o seu copo de uísque e fitando o fogo.

Isso o atormenta, concluiu o detetive. Tudo isso ainda mexe terrivelmente com ele.

Graças ao diabo.

— O senhor conhece um psiquiatra chamado Eduard Caen?

— Conheço. Ele cuidou da Eva em Rejmershus. E mesmo depois disso, se não me engano.

— O que o senhor acha dele?

— Uma pessoa muito correta, pelo que sei. Mas nunca tive muito contato com ele.

— Hum... E o homem que o senhor tinha por amante de sua mulher... Ele apareceu de novo?

— Não... Não, nunca.

— Conversaram sobre ele?

— Não.

— Sabe se outros homens desempenharam um papel importante na vida de Eva?

— Antes da nossa separação ou depois?

— Tanto um quanto o outro, se for possível.

— Depois... Não sei de nada. Antes... Bem, nos conhecemos quando ela tinha apenas 22 anos e era praticamente inexperiente... Não, infelizmente, não posso ajudá-lo com isso, Sr. Detetive. Ou seja, não acredito que tenham sido muitos.

Van Veeteren deu de ombros.

— Então, gostaria de agradecer por sua atenção — concluiu o detetive. — Caso o senhor ainda se lembre de algo que possa ser importante, por favor, me avise.

E deu-lhe seu cartão. Berger tirou uma carteira, onde colocou o cartão. Levantou-se e Van Veeteren percebeu que ele estava ligeiramente alcoolizado. Assim, ele não correspondia mais ao protótipo do sucesso. Aos olhos do detetive, isso já era uma melhora significativa.

Ficaram em pé, no corredor, durante algum tempo, enquanto Berger estendia a mão ao seu convidado e tentava ordenar seus sentimentos.

— Espero que o senhor o encontre, Sr. Detetive — disse ele. — Espero que o senhor pegue o filho-da-puta que fez isso.

Também espero, pensou Van Veeteren e levantou a gola do sobretudo para proteger-se da noite úmida.

29

Eram nove e pouco, e Münster e Reinhart pararam em frente ao Colégio Bunge. A meia-luz do alvorecer se derramava sobre o imponente castelo; o pátio estava abandonado e vazio, a não ser pelo zelador que arrastava atrás de si um carrinho cheio de cadeiras quebradas. De repente, Münster foi acometido por uma sensação intensa de desânimo. Ele tinha dificuldade para imaginar que aquele prédio acomodava setecentas pessoas. Havia luz por todo lado, até onde ele conseguia ver, mas as janelas retangulares, de um amarelo pálido, eram altas e não davam nenhum sinal de vida. Em volta da torre e das chaminés do telhado inclinado, as gralhas grasnavam.

— Que horror! — exclamou Reinhart. — Você estudou aqui?

Münster balançou a cabeça.

— Eu também não. Deve dar a impressão de ser enterrado vivo. Dia após dia. Pobres coitados!

Permaneceram no carro durante alguns minutos ainda, enquanto Reinhart limpava seu cachimbo e revisavam a estratégia planejada. Sempre era bom ter tudo bem combinado.

Depois, se curvaram contra o vento e andaram até o pátio do colégio.

— Você já imaginou que um assassino pode estar dando aula lá dentro, neste momento? — perguntou Reinhart. — Sabe o que deveríamos fazer?

Münster não respondeu.

— Deveríamos pegar um megafone, dizer que cercamos toda esta merda e que é melhor ele se entregar e sair. Imagina quanto trabalho isso não nos economizaria.

Münster concordou.

— Você tem um megafone aí?

— Não.

— Que pena. Então o jeito vai ser ter uma conversinha com o Suurna.

O diretor Suurna vestia um terno azul e parecia estar aguardando-os. A bandeja do café estava preparada e na escrivaninha de carvalho vermelha, cada clipe estava no seu devido lugar.

— Bom-dia, Sr. Suurna — cumprimentou Münster. — Nós já fomos apresentados. Este é meu colega Reinhart.

— Que história revoltante — desabafou Suurna. — Devo dizer que estou profundamente chocado. E preocupado.

Com um movimento da mão, convidou-os a se sentarem nas poltronas. Ele, no entanto, permaneceu em pé.

— Mais tarde, convocarei os alunos ao auditório para dizer-lhes umas palavras... Não sei bem o que dizer... Pensei que talvez também quisessem dizer algo. Isso é realmente revoltante. É extremamente revoltante.

Extremamente revoltante, pensou Münster. O homem deve ter problemas para se expressar.

— Diretor Suurna — começou Reinhart. — Gostaríamos de lhe pedir para não tomar nenhuma atitude em relação a esses assassinatos sem nos consultar antes. O senhor deve se conscientizar da grande probabilidade de que o assassino se encontre neste prédio agora.

Suurna ficou lívido.

— Durante a próxima meia hora, discutiremos com o senhor a nossa estratégia, com a condição de que o senhor esteja disposto a cooperar.

— Claro, mas os senhores têm certeza de que...

— Nossa conversa — interrompeu Münster —, é estritamente confidencial. O senhor está proibido de divulgar qualquer coisa sobre o que decidirmos. Ou o senhor tem algo contra?

— Não... Não, claro que não, mas...

— O sucesso de nossas investigações depende de seu silêncio — disse Reinhart.

— Temos que poder contar cem por cento com o senhor — afirmou Münster.

— E o senhor tem que seguir nossas instruções à risca — acrescentou Reinhart.

Suurna sentou-se e começou a mexer nervosamente com as dobras no terno. Por um momento, passou pela cabeça de Münster a idéia de perguntar o que o diretor tinha feito na quinta-feira à noite, mas eles já haviam investigado isso e, de mais a mais, parecia que o anfitrião havia compreendido tudo muito bem.

— Claro... É claro que estou à disposição de vocês — explicou ele —, mas vocês não estão pensando... que foi um dos nossos... Não, isso não, simplesmente não consigo imaginar isso.

— Obrigado, isso basta! — disse Münster. — O senhor poderia providenciar para que não sejamos interrompidos durante a próxima meia hora?

— Certamente.

Suurna levantou-se, dirigiu-se à escrivaninha e apertou um botão. Münster tirou a jaqueta e arregaçou as mangas da camisa.

— Ainda tem café? — perguntou Reinhart.

Não foi um mau começo.

— Qual o tamanho do corpo docente, Sr. Suurna? — inquiriu Münster.

— Todos, o senhor quer dizer?

— Incluindo cada alma — esclareceu Reinhart.

— Isso depende de como se calcula... Temos perto de cinqüenta professores com dedicação exclusiva... e 15 a vinte com um contrato de tempo parcial... além de alguns regentes, principalmente para as línguas mais exóticas, como suaíle, hindu ou finlandês...

— Falaremos com todos amanhã — avisou Reinhart. — Vamos começar às nove e seguiremos até...

— Impossível! — interrompeu Suurna. — Como vocês querem fazer isso? Não há como eu...

— O senhor terá que arranjar um jeito — disse Münster. — Precisamos de uma lista de todos os docentes... e amanhã queremos falar com todos eles. Que outras funções são desempenhadas aqui?

— Como?

— Quem mais trabalha aqui? — explicou Reinhart. — Além dos que se dedicam ao ensino.

— Ah, entendi! Claro, a direção da escola, eu mesmo e Eger, o diretor de ensino... o pessoal da administração... o médico e a enfermeira... o zelador, um sociólogo, um psicólogo, um orientador profissional...

— Quantos, ao todo?

— Por volta de vinte.

— Isso dá, aproximadamente, 85 pessoas — concluiu Münster. — Seremos em quatro, portanto, isso não deverá ser problema. Providencie quatro salas, onde faremos os interrogatórios; de preferência, salas contíguas.

— E as aulas... — arriscou Suurna.

— Quatro listas com os nomes e os horários. Vinte minutos por pessoa. Uma hora de pausa para o almoço. Se o senhor puder providenciar o almoço para nós aqui na escola, melhor ainda.

— E os alunos...

— Sugiro que eles tenham um dia de folga — disse Reinhart. — Dê bastante dever para eles fazerem. É melhor liberá-los das aulas, mas o senhor faz o que quiser. De qualquer forma, eu o aconselho a reunir o corpo docente o quanto antes.

— E está fora de questão reunir os alunos no auditório — acrescentou Münster. — Alguma pergunta?

— Devo dizer que... — tentou Suurna.

— Então está claro — interrompeu Reinhart. — Começaremos amanhã, às nove. Mais alguma coisa, Münster?

— O correio.

— Isso mesmo. O senhor poderia descrever a rotina do correio, senhor Suurna?

— Rotina do correio?

— É... Quando é que o correio costuma chegar? Quem recebe a correspondência? Quem a distribui? E assim por diante.

Suurna apertou os olhos, e Münster começou a imaginar que o diretor estava ficando tonto. Gotículas de suor apareceram na sua testa, as mãos apertavam os braços da poltrona. Como se estivesse sentado na cadeira do dentista ou numa montanha-russa.

— O correio? — perguntou Reinhart depois de uns instantes.

— Perdoem-me — desculpou-se Suurna e levantou os olhos. — Fico tonto às vezes.

E isso, sentado, pensou Münster. Suurna secou a testa e pigarreou.

— O correio passa aqui duas vezes — começou. — De manhã e logo depois do almoço. Por que querem saber?

— Em vista das investigações em andamento, não podemos revelar isso — explicou Münster.

— E o senhor também não vai mencionar isso — proibiu Reinhart. — Não se esqueça, é fundamental!

— Não, não... Claro.

— Quem se ocupa do correio?

— A... senhora Bellevue ou o zelador. Isso depende. Tentamos, no que diz respeito à administração, ser o mais flcxívcis possívcl.

— Tem mais de um zelador?

— Dois.

— O senhor poderia verificar como o correio da semana passada foi processado? Quem o recebeu e quem o distribuiu?

— O correio da manhã ou o da tarde?

— Ambos. Gostaríamos de conversar com a pessoa em questão com urgência.

Suurna fez uma cara de surpresa.

— Querem dizer... agora?

— Exatamente — disse Reinhart. — Se puder convocar os zeladores e a senhora...

— Bellevue.

— Bellevue, isso. Poderia chamá-los imediatamente? Assim, podemos esclarecer a situação agora.

— Não estou entendendo como... — Mas Suurna se calou. Levantou-se e dirigiu-se ao interfone sobre a escrivaninha.

— Sra. Bellevue, poderia chamar Mattisen e Ferger e vir com eles à minha sala imediatamente? Sim, a senhora também. Imediatamente, por favor!

Ele se sentou novamente e fitou os policiais, confuso. Reinhart tirou o cachimbo e carregou-o.

— Talvez fosse melhor deixar-nos a sós por um momento — disse ele, limpando um resto de tabaco direto para o chão. — Se nos permite, gostaríamos de usar sua sala como quartel-general.

— Mas claro...

Suurna abotoou o paletó e desapareceu.

Münster riu.

Reinhart acendeu o cachimbo.

30

Rooth encontrou-se com Bendiksen no banho turco do balneário central. Tinha sido sugestão de Bendiksen, que sempre passava duas horas lá, às segundas-feiras à noite. Depois de mais um dia na Majorna, Rooth não tinha nada contra.

Não demoraria muito e ficaria claro que Bendiksen ainda tinha outros hábitos regulares. Na qualidade de solteirão convicto, ele tinha um programa certo para cada dia da semana, que mantinha rigorosamente. Às segundas, ia ao balneário; às terças e quintas, jogava *bridge*; às quartas, participava de uma associação histórica. Durante o fim de semana, fazia *jogging* e encontrava-se com amigos: às sextas, iam ao cinema; aos sábados, a um bar. Aos domingos, dava um passeio, fazia a faxina e lia o romance histórico que levara, na segunda-feira anterior, da livraria onde trabalhava havia 16 anos.

Ele contou tudo isso a Rooth nos primeiros cinco minutos, no banho turco.

"Quando será que ele vai ao banheiro", pensou Rooth, que também era solteiro.

— O que o senhor achava de Eva Ringmar? — perguntou Rooth quando entraram na piscina.

— Não entendo nada de mulheres — respondeu Bendiksen. — Entendo de cultura grega e helênica e sou bom tocando Culbertson.

— Muito bem — exclamou Rooth. — Quantas vezes cruzou com ela?

— Difícil dizer — respondeu Bendiksen. — Talvez umas três ou quatro vezes, mas só rapidinho mesmo.

— Só rapidinho?

— Isso, na confusão, pode-se dizer. Nós nos encontramos na cidade... uma vez, numa livraria. Mas isso foi tudo.

— Pensei que o senhor fosse amigo de Mitter?

— É verdade. Somos amigos de escola e, desde então, vivemos nos reencontrando... cá e lá, quero dizer.

— Como assim?

— Como assim, o quê?

— O que vocês faziam juntos?

— Às vezes, saíamos para beber e conversar, às vezes fazíamos outras coisas... pronto, agora é hora da sauna.

— Que outras coisas, Sr. Bendiksen?

— Pode me chamar de Kurt.

Nem morto, pensou Rooth.

— Também já viajamos juntos... Naturalmente, só mesmo depois do divórcio do Janek. Íamos pescar com freqüência... Aonde o senhor quer chegar, afinal?

A sauna estava vazia. Vazia e escaldante. Rooth suspirou e sentou-se no degrau mais baixo.

— A nenhum lugar em particular — respondeu. — Estamos procurando um assassino e é só. O que o senhor acha, quem esfaqueou o Mitter?

— A mesma pessoa que afogou a mulher dele.

Rooth concordou.

— Também pensamos assim. Quer dizer que o senhor não tem nada a dizer que pudesse nos ajudar?

Bendiksen coçou a axila.

— Na verdade, desde que ele começou a namorar a Sra. Ringmar, quase não nos vimos mais. Ainda nos encontramos no Freddy, com alguns amigos, em junho. Éramos sete ou oito, não conversei muito com o Janek. E, no final de agosto, ainda nos encontramos mais uma vez, na associação histórica.

— Como é que ele estava?

— Como sempre. Mas, mesmo lá, não nos falamos muito... Só trocamos algumas idéias sobre a cultura megalítica, se não me falha a memória. Esse era o tema daquela noite.

— Vocês não se viam mais com tanta freqüência desde que Eva Ringmar entrou em cena. Por que não?

— Por que não? Ora, é assim mesmo.

— Como?

— Com as mulheres. Os homens devem ter ou amigos ou uma mulher, diz Plínio. Se você não tem amigos, pode ir logo casando. Não é assim, Sr. Inspetor?

— Talvez... — esquivou-se Rooth. — Mas como quer que seja... Vocês não tinham planejado uma pescaria para o domingo depois da morte de Eva Ringmar?

— Isso mesmo. Sempre íamos à casa de campo do Verhoven... É outro amigo... Sempre num domingo de outubro. A casa fica no lago Sojmen, na margem leste, onde há uma profusão de perca e lúcio, e, às vezes, até truta. Verhoven, eu e Langemaar, do Corpo de Bombeiros, não sei se o senhor o conhece... Nós três acabamos indo sozinhos, já que o Janek ficou impossibilitado. É, realmente, é um caso escabroso, Sr. Inspetor. O senhor acha que vai conseguir pegá-lo? O assassino, quero dizer.

— Sem dúvida! — afirmou Rooth. — Aliás, onde o senhor estava na quinta-feira à noite?

— Eu? Na quinta-feira? Estava jogando *bridge*, claro. O senhor não está achando, nem por um segundo, que eu...

— Não acho nada! — interrompeu Rooth. — Não podemos ir tomar uma cerveja agora?

— Agora? — perguntou Bendiksen. — Impossível. Primeiro, temos que nadar, depois, entramos no banho turco de novo e terminamos com a sauna. Só depois vem a cerveja. O senhor nunca esteve numa sauna, Sr. Inspetor?

Rooth suspirou. Nos dois últimos dias, ele estava tentando arrancar informações de todo tipo de gente — maníacos, catatônicos, esquizofrênicos —, e agora tinha acabado na sauna com o bibliotecário Bendiksen.

Afinal de contas, por que fui me tornar tira, perguntou-se. Por que não me tornei pianista, o sonho da minha mãe? Ou pastor? Ou piloto de avião de caça?

Vou pedir uma licença médica amanhã, decidiu. É meu dia de folga, mas vou pedir a licença assim mesmo.

Por via das dúvidas.

31

— Sankta Katarina é um colégio para moças, Sr. Detetive. Aqui, o corpo docente é composto só de mulheres, temos apenas mulheres trabalhando na administração, na limpeza, no jardim e na cozinha. E eu sou a diretora. Tem sido assim desde a fundação do colégio, no ano de 1882... Só mulheres. Consideramos isso uma vantagem, Sr. Detetive, não é bom para moças terem contato com homens cedo demais. Mas creio que o senhor não concorda com o que digo.

Van Veeteren aquiesceu e tentou sentar-se mais ereto. Suas costas doíam, ele deveria deitar no chão e colocar as pernas sobre o assento de uma cadeira, isso sempre ajudava... Mas uma voz interior lhe dizia que, certamente, a diretora Barbara di Barboza não apreciaria a cena de ter um homem deitado no chão de sua sala. Já bastava ter que receber uma figura masculina como visita. Pior, um policial!

Mas as costas não lhe davam sossego. Isso se devia, claro, àquela droga de cama de hotel. Ao acordar, sua espinha estava enrijecida, e duas horas atrás do volante só pioraram a situação. Talvez ele devesse fazer uma visitinha ao Hernandez, o quiroprático. Já fazia meio ano desde a última consulta; na verdade, estava na hora de ir lá de novo. A questão mais delicada de todas era a que se referia ao *badminton*, claro. Atirar-se sobre as bolas curtas e de efeito de Münster eram um atestado de óbito para aquelas costas doentes, ele sabia disso, mas não tinha a mínima vontade de cancelar o jogo marcado para terça-feira à noite. Enfim, deixa para lá!

Ele alterou o centro de gravidade do lado direito para o esquerdo. Doeu. Ele gemeu.

— O senhor não está se sentindo bem, Sr. Detetive?

— Estou sim, obrigado, só estou com um pouco de dor nas costas...

— Causada, provavelmente, por uma alimentação errada. O senhor se surpreenderia se soubesse a influência que a alimentação tem sobre os músculos e sobre a tensão muscular.

Não me surpreenderia, não, pensou Van Veeteren. Ficaria enfurecido, isso sim. E então, eu estaria predisposto a cometer atos que me levariam a me auto-encarcerar.

— Interessante! — exclamou. — Mas, infelizmente, não tenho muito tempo, por isso, temos que nos concentrar no assunto em questão.

— A senhora Ringmar?

— Exato.

A diretora di Barboza retirou uma pasta da prateleira atrás de si e abriu-a sobre a escrivaninha.

— Eva Ringmar, isso. Esteve aqui a partir de 1º de setembro de 1987. Professora de inglês e de francês. Pediu demissão em 31 de maio de 1990 por vontade própria.

Ela fechou a pasta e colocou-a de volta na prateleira.

— Que opinião a senhora tinha dela?

— Opinião? Positiva, certamente. Eu mesma fiz a entrevista de seleção com ela. E, realmente, nunca tive do que reclamar. Ela correspondeu às minhas expectativas, era uma professora muito capaz e também cumpria as demais obri gações de forma irrepreensível.

— As demais obrigações... Como assim?

— Ela tinha certas obrigações como professora e figura materna. Isto é um colégio interno, como o senhor já deve ter percebido. Não nos ocupamos das meninas apenas durante o horário escolar. Nós moldamos o ser humano como um todo. Faz parte dos nossos princípios. Já é assim desde o início... O que nos valeu nossa boa fama.

— Verdade?

— Se o senhor soubesse quantas moças se inscrevem a cada ano! Mais de duas mil. Para apenas 250 vagas.

Van Veeteren encolheu os ombros e tentou movimentar as costas.

— A senhora estava informada do passado da Sra. Ringmar quando a contratou?

— Certamente. Ela não teve uma vida fácil. Temos confiança no ser humano, Sr. Detetive.

— E a senhora sabe o que aconteceu, que ela e o marido foram assassinados?

— Não vivemos isoladas aqui, caso o senhor tenha essa impressão. Lemos os jornais e sabemos o que se passa no mundo. Mais do que muitos, tenho certeza.

Van Veeteren perguntou-se se ela poderia estar a par dos hábitos de leitura da polícia, mas não teve vontade de solicitar maiores explicações. Em vez disso, pegou um palito de dentes. Colocou-o na boca e moveu-o de um lado a outro. Di Barboza empurrou os óculos para a ponta do nariz e começou a analisá-lo criticamente.

Daqui a pouco, ela vai me pedir a identificação de novo, pensou ele. Droga! Como uma simples dor nas costas pode reduzir nossas capacidades.

— O que mais o senhor gostaria de saber, Sr. Detetive? Também não tenho o dia todo.

Ele se levantou, dirigiu-se à janela e se esticou. Olhou para o parque, cinza e enevoado. Atrás das árvores, ainda dava para ver outros prédios; todos construídos com aqueles tijolos vermelho-escuros, iguais aos do refeitório, onde a diretora residia, e aos do muro, de aproximadamente 2 metros, que rodeava o terreno. Seguindo o exemplo anglo-saxão, os muros estavam cobertos de cacos de vidro; ele chegou a rir quando atravessou o portão... Riu e perguntou-se se aqueles cacos de vidro simbólicos eram para proteger as senhoras dos invasores ou das fugitivas.

Não havia dúvida de que tinha preconceitos contra o lugar, ele estava cheio de preconceitos, e o fato de não ver esses preconceitos confirmados, apesar de tudo que di Barboza lhe mostrara, irritava-o. Ele havia almoçado no refeitório imenso, na companhia de centenas de mulheres de todas as idades. A maioria era, naturalmente, nova demais, mas ele não percebeu nada da esperada sexualidade reprimida, da negação frustrada da sexualidade ou do que quer que ele tivesse imaginado. É possível que o que se manifestava aqui era aquele antigo e respeitoso medo das mulheres, o reconhecimento de que o sexo oposto, apesar de tudo, está mais à vontade no mundo.

Ele não tinha dúvida alguma de que sua mulher teria descrito a situação mais ou menos nesses termos.

Se eu fosse uma mulher, pensou ele, sabe-se lá, provavelmente teria me tornado alguém como a di Barboza.

— E então? — perguntou ela.

— O quê?

— O que mais o senhor quer saber? O meu tempo disponível está chegando ao fim, Sr. Detetive.

— Duas coisas — respondeu ele. — Primeiro: a senhora sabe se a Sra. Ringmar teve um relacionamento com algum homem durante o período que esteve empregada no colégio... Afinal, ela morava aqui, não é mesmo?

— Ela tinha um quarto na ala lateral, sim. Não, não sei de nenhum relacionamento. Isso era uma pergunta, Sr. Detetive, ou eram duas?

Ele ignorou essa correção.

— A senhora poderia me informar o nome de uma colega que fosse próxima a ela e que, talvez, pudesse responder a algumas perguntas mais detalhadas?

A diretora empurrou os óculos para cima e refletiu.

— Kempf — disse, finalmente. — O quarto da senhora Kempf e de Eva Ringmar ficavam lado a lado. Creio que elas eram amigas. Pelo menos, eu as vi juntas algumas vezes.

— A senhora não costuma ter um contato mais próximo com as professoras, Sra. Diretora?

— Não, prefiro manter uma certa distância. Nós nos respeitamos mutuamente, mas não podemos perder de vista que desempenhamos funções diferentes. As regras da casa definem a posição da diretora de forma clara. E não cabe a mim questionar essas regras.

Ela olhou para o relógio, que carregava pendurado numa corrente no pescoço. Van Veeteren lembrou-se de algo que Reinhart tinha dito pouco tempo atrás: "Prefiro manter uma boa distância de mulheres que usam o relógio pendurado no pescoço."

Ele se perguntou qual era, afinal, o significado daquilo. É possível que essa observação estivesse fundamentada numa grande sabedoria, o que era bastante freqüente quando Reinhart se expressava.

De qualquer forma, o detetive estava muito aliviado de poder voltar ao ar livre. Ele atravessou o grande gramado, embora di Barboza tivesse deixado bem claro que era para manter-se no caminho pavimentado. Tinha a impressão de sentir os olhos dela nas costas.

Duas meninas de uns 12 anos, vestindo aventais sobre o uniforme azul-marinho, caiavam o tronco de uma árvore frutífera. Ele se aproximou cuidadosamente e chamou a atenção delas tossindo.

— Desculpe, este caminho leva para a ala lateral?

— Sim. A entrada é lá atrás.

As duas indicavam o caminho com os pincéis e davam risinhos envergonhados.

— Por que vocês estão pintando a árvore de branco?

Elas olharam para ele com surpresa.

— Não fazemos idéia... Nos deram essa tarefa.

Provavelmente para os cachorros das redondezas não mijarem contra a árvore, pensou ele.

Demorou um pouco até conseguir entrar em contato com a Sra. Kempf. Ela ainda tinha que corrigir três provas e, claro, não queria interromper nenhuma das aulas... Que ele a desculpasse.

Foi o que ele fez. Enquanto ela terminava suas tarefas, ele ficou sentado numa poltrona atrás dela, observando-a.

Uma mulher de meia-idade com muita energia, da mesma idade que ele, supôs. Ele se perguntou se di Barboza estava correta ao associar a Sra. Kempf a Eva Ringmar. As duas deviam ter uns 15 anos de diferença...

Mas era isso mesmo. Eva Kempf colocou água para o chá e explicou... Amigas, talvez fosse exagero; a Sra. Ringmar não era do tipo que abria o coração, mas parecia que ela precisava de... uma irmã mais velha. É, algo assim. Eva e Eva. Uma grande, a outra pequena. Além disso, tinham sido vizinhas de quarto. O que ele gostaria de saber?

Pela centésima vez, ele fez as mesmas perguntas e obteve as mesmas respostas.

Não, ela não sabia nada sobre homem algum. A Sra. Kempf era lésbica, isso ela não queria ocultar... Ou tinha sido; ela acabara abrindo mão, para sempre, do parque de diversões do amor.

E isso era realmente maravilhoso, garantiu ela.

Não, Eva Ringmar não tinha nada de lésbica, uma mulher percebia isso imediatamente.

Mas e os homens?

Não, ela não sabia sobre isso. Mas, afinal, ela não sabia de tudo, como já tinha dito. Por que ele estava tão curvado? Era dor nas costas? Se ele se deitasse na cama, ela poderia fazer-lhe uma massagem.

Ele devia ter mais perguntas, não?

Van Veeteren hesitou. Mas não por muito tempo.

Afinal, pior não podia ficar.

— Bom! Agora abaixe um pouco as calças para eu poder chegar lá. Então?

— Ai, droga! Agora, conte, Sra. Kempf!

— O que, Sr. Detetive?

— O que quer que seja. Ela viajava muito? Recebia cartas? Havia ligações telefônicas misteriosas?

Ela afundava os polegares em suas costas.

— Ela recebia cartas.

— De um homem?

— Podia ser.

— Com que freqüência?

— Não era muito freqüente. Ela não recebia muita correspondência.

— De onde elas eram enviadas?

— Não faço idéia.

— Elas vinham daqui mesmo ou do exterior?

— Não sei. Talvez do exterior.

— Mas eram várias cartas do mesmo remetente?

— Eram... E acho que se tratava de um homem.

— Por que a senhora acha isso? Ai!

— Dá para perceber.

— Viagens?

— Sim... Ela viajou várias vezes. Algumas vezes, foi visitar a mãe. Pelo menos, foi isso que ela disse.

— Mas?

— Talvez ela tenha mentido.

— É possível que ela tenha recebido cartas de um homem e que tenha se encontrado com ele?

— É.

— Qual é a probabilidade?

— Não faço idéia, Sr. Detetive. Ela era pouco... acessível. Misteriosa... Nunca me intrometi. Todos têm direito à privacidade... Acredite, eu já era lésbica aos 17 anos.

— Ai, droga! Cuidado... É aí mesmo.

— Dá para perceber, Sr. Detetive. Em que pocilga o senhor passou a noite? Enfim, continuando...

— Quantas vezes?

— Quantas vezes ela viajou?

— É.

— Duas, três vezes por ano, eu acho. Mas só durante o fim de semana, dois dias.

— E durante as férias?

— Não sei. Eu também viajava nesse período... Mas não acredito que ela ficasse aqui. Às vezes, ela fazia reserva em vôos *charter*, acho que para a Grécia... Ela gostava de viajar, para onde quer que fosse.

— O marido... Andreas Berger?

— Não, não era ele, ela nunca o mencionou.

— As cartas não poderiam ter sido enviadas por ele?

Poderiam, mas não acho muito provável.

— E o filho... que morreu. Ela disse algo a respeito?

— Disse. Mas só uma vez... E agora chega, Sr. Detetive. Meus dedos já estão dormentes. Como o senhor está se sentindo?

Van Veeteren sentou-se. Nada mau. Movimentou-se cuidadosamente... Curvou-se para a frente... Inclinou-se para a direita, para a esquerda. E não é que a dor começava a diminuir?

— Perfeito. É uma pena ter que me sentar atrás do volante de novo, daqui a pouco. Muito obrigado, Sra. Kempf. Caso a senhora acabe atrás das grades algum dia, é só me ligar que eu a tiro de lá.

Ela sorriu e esfregou os dedos.

— Não se preocupe, Sr. Detetive. Eu acabaria fugindo mesmo. Mas tenho uma aula em dez minutos, portanto, acho que devemos terminar a conversa por aqui.

Van Veeteren concordou.

— Gostaria de fazer ainda uma última pergunta. Já percebi que a senhora tem um excelente discernimento, Sra.

Kempf. Por favor, faça uso dessa capacidade e não responda se tiver dúvida.

— Compreendo.

— Bem... A senhora acha possível que, durante todo o tempo em que a senhora conheceu Eva Ringmar, tivesse havido um homem na vida dela que, por algum motivo, ela tenha mantido em segredo?

Eva Kempf tirou seus óculos ovais. Manteve-os contra a luz e observou-os criteriosamente. Exalou energicamente sobre as lentes e limpou-as com uma ponta de sua túnica vermelha.

Colocou novamente os óculos e retribuiu o olhar de Van Veeteren.

— Acho — respondeu ela. — Acho possível, sim.

— Obrigado — agradeceu Van Veeteren.

Ele deixou Gimsen por volta das três e, assim que chegou à estrada 64, começou a chover. Também escureceu muito rapidamente, mas ele não quis ouvir música. Em vez disso, perdeu-se em pensamentos e suposições, e concentrou-se no ruído monótono dos pneus na estrada molhada.

Van Veeteren tentou construir uma imagem de Eva Ringmar, mas ela sempre se esquivava... como, aparentemente, ela também havia se esquivado dos demais. Ele lamentava não haver conseguido tirar mais informações de Mitter, mas, agora, era tarde. Também é possível que não tivesse conseguido tirar mais nada dele. Mitter não a conhecia há tanto tempo assim. Algum raro impulso havia levado o professor a casar-se com ela e, provavelmente, ele não sabia mais sobre seu passado do que Van Veeteren havia descoberto nesse ínterim.

Pois o assassino estava escondido em seu passado, sua vida pregressa. Não havia mais dúvida quanto a isso. Era ali que ele se ocultava... A Quinta-feira Santa de 1986 era importante, e não havia nenhuma razão para descartar que tudo começara bem antes disso.

Ou será que havia? Era isso mesmo?

Afinal, que certezas ele tinha? E todas aquelas suposições, elas tinham algum valor?

Se Eva Ringmar não passava de uma sombra, os contornos do assassino eram mais vagos ainda. Ele era a sombra de uma sombra.

Van Veeteren soltou um palavrão e mordeu o palito partindo-o em dois. Havia algum indício de que ele estava no caminho certo? Será que ele não estava tateando no escuro em mais de um sentido?

E qual, em nome dos céus, tinha sido o motivo para o assassinato?

O detetive cuspiu os restos do palito e se perguntou qual seria o passo seguinte. Havia duas alternativas, das quais uma era mais obscura que a outra. O mais certo era, sem dúvida, colocar todas as esperanças em Münster e Reinhart. Com um pouco de sorte, a rede estendida sobre o Colégio Bunge poderia ser recolhida de tal forma que qualquer peixe podre que valesse a pena ser investigado acabaria preso nela.

Se é que ali era o lugar certo para pescar.

Bom, dali a pouco isso ficaria claro. Mas ainda restavam outras perguntas que mereciam ser levadas em consideração... Ele partia do princípio de que todos os interrogatórios seriam levados a cabo no dia seguinte. Hoje, os rapazes dificilmente teriam conseguido fazer qualquer coisa além de dar uma dura no Suurna e combinar com ele o que planejavam fazer. Ele olhou o relógio e calculou que Münster já devia estar em casa, àquela altura. Além disso, percebeu que não tinha a menor vontade de dirigir mais 400 quilômetros essa noite. No máximo, mais uma hora; aí, procuraria um hotel, ligaria para Münster e jantaria bem. Um bom pedaço de carne e algo cremoso com alho... Assim ele terminaria o dia.

E um vinho encorpado.

Começou a procurar as fitas no banco do carona. Encontrou Vaughan-Williams e empurrou-a no toca-fitas.

32

Liz Hennan estava com medo.

Somente depois de ter tomado uma boa chuveirada e ficado acordada durante meia hora no quarto escuro, ela reconheceu que era exatamente esse o caso.

Porque, na verdade, esse tipo de temor raramente a acometia. Enquanto estava ali, deitada, fitando o relógio digital, que cuspia os minutos vermelhos da noite, ela tentou se lembrar daquela sensação.

Quando foi a última vez que teve medo? Aquele tipo de medo?

Devia fazer muito tempo, sem dúvida.

Talvez tivesse que voltar à época de sua adolescência. Nesse meio-tempo, ela já completara 36 anos e, claro, de vez em quando ainda tinha medo. Até com certa freqüência, mas será que não tinha aprendido a lição? Não tinha amadurecido e ficado esperta?

Ela não tinha medo de viver. É bem verdade que nem tudo era um mar de rosas, mas isso ela já sabia. E se sua mãe conseguira deixar algo bem claro, tinha sido isso.

Havia homens e homens. E, de vez em quando, uma mulher acaba com o errado. Mas sempre havia uma saída, e era isso que importava. Se ela tinha cometido um erro ou se envolvido com um filho-da-puta, o jeito era começar de novo. Botá-lo para fora de casa e começar a procurar o próximo.

Era assim que funcionava, e foi assim que ela procedeu a vida toda. Havia bons momentos e os menos bons. "*That's life*", como o Ron costumava dizer.

O relógio marcava 00h24. Ela estava tendo dificuldades para se animar e sentia isso na boca do estômago e no peito... e no colo. Começou a mexer na vulva com um dedo... os lábios estavam secos. Secos como a crosta de um machucado... Nunca tinha sido assim antes de se encontrar com um homem.

Portanto, era medo.

Do Ron, ela não tinha medo, embora não quisesse estar por perto quando ele descobrisse sobre o namorado novo. Mas como ele descobriria? Ela jamais fora tão cuidadosa, nunca havia mencionado seu nome, nem para a Johanna. Não, na verdade, ela estava sentindo saudades de Ron agora. Desejava que ele estivesse deitado atrás dela, bem pertinho, envolvendo-a com seu braço forte e protetor...

Eles haviam se casado há três anos, e não tinha sido uma época ruim. Mas, agora, ele não estava em casa... Só voltaria para ela em 18 meses, ou seja, uma eternidade. Em três semanas, ele tiraria férias, e fazia questão de ir para Hamburgo, para encontrar-se com aquele desgraçado do Heinz. Em vez de vir para casa... Aquele cretino. Que direito tinha ele, afinal, de criticá-la se ela se envolvia com um ou outro de vez em quando?

É verdade, ela tinha medo do que Ron seria capaz se descobrisse, mas era um medo diferente do que esse que a atormentava. Provavelmente, ela apanharia ou ele a poria para fora de casa por um tempo, mas isso era diferente. O outro medo era como...

E era justamente aí que estava o problema, o fato de ela não saber como era esse medo significava que devia ser algo novo... E ela, que acreditava não existir mais nada de novo, que já tinha passado por tudo que era possível; esse medo era... horripilante?

Será que medo era a palavra errada, perguntou-se então. Fraca demais? Talvez precisasse de algo maior?

Pavor?

Ela estremeceu. Cobriu-se ainda mais com as cobertas.

É, era isso mesmo. E o culpado era esse novo homem.

Ela acendeu a luz. Encostou-se contra a parede e pegou um cigarro. Mas que diabos estava acontecendo aqui, afinal? Tragou com vontade algumas vezes e tentou pôr ordem nos pensamentos.

Contando com esta noite, era a terceira vez que se encontravam e ainda não tinham acabado na cama... Só esse fato já dizia tudo. Estava claro que algo não batia.

Da primeira vez, ela estivera menstruada. E, pensando bem, ela tinha que reconhecer que se sentira quase aliviada.

Da segunda, tinham ido ao cinema. Nem se cogitou qualquer coisa a mais.

Mas, hoje, hoje deveria ter acontecido. Eles tinham bebido um pouco, assistido a um programa absolutamente bobo na televisão. O vestido que usara era fino e largo, sem nada por baixo, e eles tinham se sentado no sofá. Ela havia acariciado sua nuca, quando ele simplesmente congelou... Congelou e colocou a mão pesada sobre seu joelho. E deixou-a ali, como um peixe morto, enquanto avançava com vontade no vinho.

Então, desculpou-se dizendo que não estava se sentindo bem e foi ao banheiro. Pouco depois das 11, ele foi embora.

Haviam combinado o quarto encontro para o sábado. Ele ficou de buscá-la no trabalho. Eles dariam um passeio se o tempo não estivesse muito ruim e, depois, iriam para o apartamento dele... Ele insistiu para ela passar a noite na casa dele. Isso tinha acontecido apenas meia hora depois de tê-la deixado, ele tinha telefonado para ela e proposto tudo aquilo... E ainda se desculpara por não ter estado muito em forma naquela noite. E, claro, ela havia aceitado. Agradeceu e concordou com tudo.

Entretanto, antes mesmo de colocar o telefone no gancho, já tinha se arrependido. Por que não havia simplesmente dito que não tinha tempo? Por que tinha sido tão burra a ponto de marcar um encontro com um cara com quem não queria se encontrar de jeito nenhum?

Por que ela insistia em não aprender?

Nervosa, ela apagou o cigarro e percebeu que seu espanto estava dando lugar à raiva. Talvez fosse um sinal.

Um sinal de que tudo não passava de sua imaginação. Afinal, ele também não podia ser tão perigoso assim. Ela já tinha tido tantos tipos antes que mais um não faria diferença. Agora, seu desejo era fazer com que esse John chegasse aonde ela o queria.

Satisfeita com essa conclusão, apagou a luz e deitou-se de lado. Ela realmente precisava dormir agora. Tinha que se levantar às sete e às oito e meia tinha que estar na loja... Como sempre. Ao cair no sono, ainda conseguiu tomar duas decisões e concentrou-se de tal forma que, ao acordar, ainda se lembrasse delas.

Primeiro, ela tinha que falar com Johanna de qualquer forma. Claro, teria que lhe impor um voto de silêncio, mas precisava contar-lhe o que estava se passando.

Segundo, ela se encontraria com o cara no sábado, mas ao menor sinal de encrenca daria meia-volta e poria um ponto final na história.

Isso mesmo.

Visto a situação estar esclarecida, Liz Hennan finalmente conseguiu dormir.

E, agora, pensava em coisas palpáveis.

Como naqueles tênis caríssimos, por exemplo, que ela queria comprar para ter mais pique na corrida e queimar mais calorias.

O que, naturalmente, era um péssimo investimento e um desperdício de energia, já que só tinha mais três dias de vida.

33

— Onde o Reinhart se meteu? — perguntou Van Veeteren e colocou dois palitos roídos em cruz sobre o seu risque-rabisque.

— Aqui — respondeu Reinhart, que acabava de entrar na sala. — Só dei um pulinho no leilão de livros. Estou atrasado?

— Quem, em nome dos céus, tem tempo de se dedicar à literatura aqui? — perguntou Rooth.

— Eu — afirmou Reinhart e sentou-se em frente à calefação. — Que tempo horrível, aliás. Eu me pergunto como é que as pessoas ainda têm disposição de sair de casa para se matarem mutuamente!

— Sair de casa? — perguntou deBries e espirrou duas vezes. — A maioria dos que eu conheço se mata dentro de casa.

— Tudo bem, mas isso se deve ao fato de eles não poderem sair de casa — explicou Rooth. — É natural que eles acabem se dando nos nervos quando têm de ficar sentados em casa, dia após dia, vendo a chuva cair.

— Anteontem, não choveu à tarde — informou Heinemann.

— Podemos começar? — inquiriu Van Veeteren. Ele contou as cabeças de seu grupo: Münster, Reinhart, Rooth, deBries, Jung e Heinemann. Contando com ele próprio, eram sete. Sete pessoas designadas para o mesmo caso. Isso não acontecia todos os dias.

Mas ainda era a primeira semana. Os jornais publicavam extensas matérias a respeito. O assassino psicótico... O colégio da morte... E assim por diante. Era bem verdade que o conteúdo dos textos diminuía a cada dia, e ele podia contar com o remanejamento de alguns colegas para outras tarefas a partir de segunda-feira. Jung, deBries e Heinemann... e talvez, até o Rooth.

Mas, por enquanto, trabalhava-se com força total. Hiller havia feito algumas promessas, na televisão e na imprensa. Num caso desses, não seria nada mau ter o assassino atrás das grades o mais rápido possível.

E o assassino certo desta vez.

Rooth assoou o nariz. Reinhart parecia estar precisando fazer o mesmo, mas preferiu acender o cachimbo. Van Veeteren estava com dor nas costas. Não restava dúvida de que as partidas de terça-feira com Münster começavam a deixar suas marcas. Furtivamente, ele olhou para deBries e Heinemann. Esses dois também pareciam estar exaustos... Será que isso se devia a um resfriado ou, simplesmente, à falta de sono... Para ser sincero, eles não formavam um grupo muito admirável.

Nada digno de uma transmissão ao vivo, pensou. Restava esperar que o conteúdo tivesse um aspecto um pouco melhor que a casca.

— Podemos começar? — perguntou novamente.

— Primeiro, a Majorna?

Van Veeteren fez um gesto com a cabeça e deBries tirou o bloco de anotações da pasta.

— Não tem muita coisa lá — disse. — Tirando os mudos e os vasos de plantas, falamos com cada vivalma lá fora... Com os médicos, demais funcionários, pacientes... Um total de 116 pessoas. Aproximadamente cem não perceberam nada, mas a metade acha que sabe de alguma coisa, infelizmente. Muitos sonharam ou tiveram visões... Quatro confessaram ter cometido o crime.

Ele fez uma pausa e assoou o nariz num lenço de papel.

— Apesar de tudo, descobrimos o seguinte. O assassino apareceu na recepção, dois minutos depois das cinco horas. Ele se apresentou como um colega do paciente Janek Mitter que queria visitá-lo e se informou sobre ele. O que não era estranho. Mitter recebia visitas com freqüência.

— Ele usou a palavra colega? — quis saber Van Veeteren.

— Usou, eles têm certeza disso... Quando chegou, havia duas pessoas na recepção.

— E as duas acabaram se esquecendo da visita? — perguntou Reinhart. — Excelente!

— Tudo bem, uma delas já estava indo para casa — respondeu Rooth. — Fizemos muitas perguntas a respeito da voz, e tudo leva a crer que se tratava de um homem. Ele perguntou várias vezes como chegaria até Mitter, e todos estranharam a voz.

— Certo — concluiu Van Veeteren. — Então, sabemos que era um homem. Continue.

— Quanto ao esconderijo — completou deBries —, não sabemos praticamente nada. Há muitas possibilidades... Para ser mais exato, 16 quartos destrancados... Salas de refeições, banheiros, salas de reunião e mais uma série de cubículos.

— Pensei que lá, fora os pacientes, tudo estivesse trancado — surpreendeu-se Reinhart.

— Não, não é bem assim — contrapôs Rooth. — De qualquer forma, não conseguimos encontrar uma pista que fosse.

— Acho que isso não é tão importante — consolou Van Veeteren. — É melhor dizer algo sobre a carta.

Rooth folheou seu bloco.

— Examinamos como Mitter passou o dia desde o momento em que acordou... até o momento em que entregou a carta ao Ingrun.

— Ingrun?

— Aquele enfermeiro. Ele recebeu a carta às 2h05. O que queríamos saber era se Mitter teve a oportunidade de procurar o endereço no catálogo telefônico, antes de começar a escrever.

— O que aconteceu depois do almoço? — perguntou Van Veeteren. — Isso seria o suficiente.

— Provavelmente. Também temos um detalhe interessante sobre aquela manhã, mas podemos falar sobre isso mais tarde... Há uma cabine telefônica à disposição dos pacientes em cada andar. Em cada uma delas, encontra-se um catálogo telefônico. Mitter acabou de almoçar à 1h15, aproximadamente, e, dez minutos depois, estava fumando um cigarro junto com outros pacientes e dois enfermeiros na sala liberada aos fumantes. Depois, segundo duas testemunhas, foi ao banheiro... reapareceu pouco antes de uma e meia... E é aí que há um pequeno hiato. Um acha que ele ficou no quarto por um tempo, outros afirmam que ele foi ao almoxarifado buscar o que precisava para escrever a carta... e que teve de esperar alguns minutos. De qualquer forma, Ingrun aparece no almoxarifado às 15 para as duas. Ele encontra Mitter ali, arranja para ele uma caneta, papel e envelope, e vai com ele para a sala de estar... Durante os dez minutos que Mitter precisa para escrever a carta, Ingrun fica esperando do lado de fora; ele quer fumar com calma. Antes disso, ele havia tomado um café na sala dos funcionários.

— O Mitter tinha alguma anotação com ele? — perguntou Münster.

— Não — agora era deBries quem respondia. — Nós realmente esprememos o Ingrun. Ele não é o mais inteligente da casa, mas temos toda a certeza do mundo. Mitter não tinha nenhum papel além do que Ingrun deu para ele.

— Será que esse brutamontes chegou a ver se Mitter escreveu primeiro a carta ou o endereço? — perguntou Van Veeteren.

— Não, infelizmente não — respondeu Rooth. — Ele se concentrou unicamente no cigarro. Você chegou a conhecê-lo, não é mesmo?

— Sim — assentiu o detetive. — Concordo com vocês.

E Van Veeteren ficou em silêncio, observando o montinho de palitos roídos que havia sobre a sua mesa.

— A pergunta é — disse, finalmente — se o cara escreveu para o Colégio Bunge ou não. Continuo achando que foi para lá que ele escreveu. Mas vocês podem ter outra opinião. E quanto ao detalhe da manhã? Acho que já sei do que se trata, mas não seria uma má idéia informar a todos.

Rooth suspirou.

— Mitter esteve na cabine telefônica na parte da manhã, mas, aparentemente, não foi para procurar um endereço... Ele deu um telefonema.

— Muito interessante! — exclamou Van Veeteren. — E para quem, se posso perguntar?

— O senhor deve saber... Se é que entendi bem — respondeu deBries.

— É, é — rosnou Van Veeteren. — Klempje abriu o jogo.

— Abriu o jogo? Como assim? — Reinhart exalou uma nuvem de fumaça.

— Na segunda-feira passada, a central recebeu uma ligação da Majorna... Mitter queria contar algo. E queria contar para mim, mas eu não estava... E ninguém me avisou quando voltei.

— Merda! — xingou Reinhart.

Todos ficaram em silêncio.

— O que aconteceu com o Klempje? — perguntou Jung. — Quando é que o senhor soube?

— Ontem — respondeu o detetive. — Por coincidência, Klempje está em outro departamento agora.

Reinhart entendeu. DeBries espirrou.

— Mais alguma coisa da Majorna? — perguntou Van Veeteren.

Rooth balançou a cabeça.

— Se encontrarmos outras vítimas lá fora, sugiro que não me mandem com o deBries para lá. Aquele lugar não é muito salutar para um policial criminal debilitado.

— Perguntas? — quis saber Van Veeteren.

— Uma — respondeu Reinhart. — Já que se esqueceram da visita com tamanha facilidade, não teria sido possível que ela tivesse simplesmente ido embora? Sem que alguém tivesse percebido... Muito mais cedo, quero dizer.

— Em princípio, sim — concordou Rooth. — Mas dificilmente pela recepção.

— E ele poderia ter feito outro caminho?

— Claro! — exclamou deBries.

Reinhart limpou seu cachimbo batendo na borda da cesta de papéis.

— Você tem certeza de que não tem mais nenhuma brasa? — Rooth quis se certificar.

— Não, mas se pegar fogo vamos notar. Afinal, somos sete policiais aqui.

Van Veeteren fez uma anotação no bloco que se encontrava à sua frente, na mesa.

— Droga — exclamou. — Nós não tínhamos pensado nisso. Obrigado.

Reinhart abriu os braços.

— De nada.

— Vamos continuar. O Colégio Bunge. Primeiro, a carta, se me permitem.

Münster se ajeitou na cadeira.

— Infelizmente — começou. — Sem sucesso. Reinhart e eu pegamos o zelador e a senhora Bellevue pelo colarinho, mas não podemos querer que eles se lembrem de uma cartinha que chegou há uma semana. Eles recebem aproximadamente trezentas cartas por dia, duzentas de manhã e a metade disso depois do almoço.

— Quem distribui a correspondência?

— No dia em questão, a senhora Bellevue e um dos zeladores distribuiu-a na parte da manhã... À tarde, foi a vez do outro zelador.

Van Veeteren entendeu.

— Que pena! — lamentou. — Que mais?

— Fiz um pequeno teste — respondeu Reinhart — e coloquei três envelopes em cima da mesa... Tenho certeza de que dois deles chegaram à escola na última semana...

— Como é que você fez isso? — interrompeu deBries.

— Fazendo — esquivou-se Reinhart. — Eu tenho os meus contatos.

— Uma professora de português — esclareceu Münster.

— Está bem — concordou Reinhart. — De qualquer forma, todos os três, os dois zeladores e a senhora Bellevue, reconheceram essas duas cartas, embora digam jamais ter visto a carta da Majorna.

— E qual é sua conclusão? — perguntou Van Veeteren.

— Não faço idéia — confessou Reinhart. — Nenhuma, eu acho. Talvez seja importante que eles tenham reconhecido os envelopes, embora não se lembrem para quem foram endereçados... Mas que não se lembrem da carta do Mitter...

— Isso não nos ajuda muito — disse deBries.

— Concordo — aquiesceu Reinhart.

Van Veeteren suspirou e olhou para o relógio.

— Por que não trazem o café? Rooth, você poderia...

— Já estou a caminho — disse Rooth e deixou a sala.

— Continue! — incentivou Van Veeteren e mordeu um pãozinho.

— Bem — começou Münster —, trabalhamos a terça-feira inteira, Reinhart e eu, Jung e Heinemann, e interrogamos, ao todo, 83 pessoas. Sete faltaram, mas Jung as procurou ontem... Duas foram demitidas há três semanas, essas a gente pode cortar logo... Eu já havia cruzado com a maior parte dessas figurinhas no mês passado e posso garantir que não foi um reencontro agradável... Para nenhuma das partes.

— Não somos pagos para as pessoas gostarem de nós — esclareceu Van Veeteren. — Encontraram o assassino?

— Não — respondeu Münster. — Bem que eu gostaria de ver alguns deles atrás das grades... Mas ninguém se traiu.

— Nenhum palpite? — insistiu Van Veeteren.

— Não, eu não tive nenhum — disse Münster.

— Nem eu — concordou Heinemann. — Nenhuma suspeita, por menor que fosse.

Jung e Reinhart também balançaram a cabeça.

— Também, era de se esperar — argumentou Reinhart. — Com noventa suspeitos é fácil não se descontrolar.

— Pode ser — concordou Van Veeteren. — E agora, podemos nos concentrar na pergunta-chave... Álibi e tempo de casa?

— O que o tempo de casa tem a ver? — perguntou Rooth.

— Estou partindo do princípio de que o assassino não está na escola há muito tempo — esclareceu Van Veeteren.

— E por quê?

— É simplesmente intuição, nada racional, nada que serviria durante o julgamento. Melhor continuar.

Jung entregou a Münster os papéis que tinha em cima dos joelhos até então.

— Certo — aquiesceu Münster. — Isso vai ser uma acrobacia matemática, mas se conseguirmos eliminar 89 dos noventa, só nos restará o assassino, suponho.

— E isso serviria durante o julgamento? — perguntou Rooth.

— Noventa indivíduos. E todos alegam inocência — disse Münster.

— Sério? — perguntou deBries.

— Oitenta e dois afirmam ter um álibi para a quinta-feira à noite, quando Mitter foi assassinado. Os demais saíram da escola e foram direto para casa, onde permaneceram sozinhos durante a noite e a madrugada.

Van Veeteren anotou mais alguma coisa.

— Até agora, conseguimos checar 61 desses 82... Checamos e cortamos. Dos 21 casos de dúvida, ainda acabaremos cortando uns 15. Restam oito mais uns seis que não têm álibi ou cujo álibi não é convincente. Se calculamos bem, o que acho que fizemos, sobrarão 14... ou talvez alguns mais que tiveram a oportunidade... do ponto de vista hipotético, quero dizer, de matar o Mitter.

Münster fez uma pausa. Rooth levantou-se e ofereceu mais café... DeBries limpou a garganta... Reinhart tirou o cachimbo da boca e curvou-se para a frente. Van Veeteren espetava as migalhas do seu pão com uma caneta...

— Catorze pessoas — disse, pensativo. — Você tem uma lista delas, Münster?

Jung estendeu-lhe mais uma folha de papel.

— Tenho — respondeu Münster.

— Já checamos desses os que têm um álibi para o primeiro assassinato?

— Já — disse Münster. — No que se refere a Eva Ringmar, seis deles têm um álibi irrefutável.

— Como assim, tantos? — quis saber deBries. — Eles só precisavam de meia hora... ou, talvez, 45 minutos no meio da noite...

— Um seminário — explicou Reinhart. — Quatro deles estavam participando de um seminário a 400 quilômetros daqui.

— Os outros dois estavam em Roma e em Londres — complementou Münster.

— Restam oito — calculou Van Veeteren. — Desses, quantos são mulheres?

— Cinco — respondeu Münster.

— Ficam três. Certo?

— Isso mesmo — concordou Münster. — Em todo o Colégio Bunge, há apenas três homens que não têm um álibi para os assassinatos.

Rooth tirou um lenço do bolso, mas continuou sentado com o lenço na mão.

— Muito bom — animou-se Van Veeteren. — E quantos deles foram empregados nos últimos anos?

Münster esperou três segundos.

— Nenhum deles — respondeu, então. — O último foi admitido há 14 anos.

— Merda! — explodiu Van Veeteren.

34

— Tem alguma coisa errada aqui.

— Tudo está errado aqui, se quer saber — exclamou Münster.

Em se tratando de Münster, aquilo chegava a ser um desaforo, mas Van Veeteren deixou passar. Ele estava tão cansado de repente... Cansado como um boi afundando-se no pântano.

Afinal, de onde surgiram aquelas imagens? Provavelmente eram tiradas de um livro. Sem ânimo, ficou olhando as anotações. Onde é que se escondia o erro?

Ou será que absolutamente tudo estava errado, como Münster havia afirmado?

Ou apenas um detalhe?

Münster suspirou e olhou para o relógio.

— O que vamos fazer agora? — perguntou. — Investigar mais detalhadamente cada um dos álibis?

— Não — respondeu Van Veeteren. — Um ou dois certamente irão pelos ares, mas, por ora, vamos deixar o pessoal do Bunge em paz... Isto é uma ordem! O Conselho de Pais vai manter os alunos em casa se aparecermos lá de novo. O Suurna já ligou 17 vezes para o Hiller.

— Nossa! — exclamou Münster. — Então, eu realmente não sei...

— Vá chamar o Rooth de novo — ordenou Van Veeteren.

Münster levantou-se.

— Ou melhor, deixe-me descansar por meia hora.

Münster abriu a boca para dizer algo, mas o detetive-chefe girou a cadeira e deu-lhe as costas.

Em 19 casos, ele tinha certeza. No vigésimo...

Sob os palitos de dentes quebrados e roídos estava a sua agenda. Aos poucos, ela começou a chamar-lhe a atenção.

Ainda faltavam 69 dias até a véspera de Natal, calculou.

Dezenove jovens donzelas o tenente tinha aos seus pés...

Quantas horas extras ele conseguiria abater?

Na vigésima, ele pegou gonorréia... Não, foi rejeitado...

Provavelmente o bastante para ficar de folga até o fim do ano.

A 21ª tirou-lhe a vida...

O que estava fazendo aqui, afinal de contas? Que pensamentos vinham-lhe à mente a ponto de desconcentrá-lo? Ele estava a ponto de desistir, era isso? Então, ele achava que...

Não era uma idéia precisa. Mas se fixou em sua mente de um só golpe; não teria conseguido se libertar... Ele se via numa espreguiçadeira, num terraço em cima de um prédio... Casablanca. Poderia estar lá em questão de dias. Uma brisa agradável, um livro e um copo de vinho branco... Por que ficar se iludindo que suas especulações ambiciosas levariam a alguma solução?

Mas ele não tinha que...? Ele não devia isso a Mitter, resolver o caso? Como seriam as temperaturas no norte da África, em dezembro? Provavelmente, não tão acolhedoras... Rajadas frias provenientes do Saara e quem sabe o que mais...

No número 21, ele errou!

Será que haveria mais chance se outra pessoa assumisse o caso?

Austrália! Isso mesmo. O que foi que Caen tinha dito mesmo?

Vinte e cinco graus. Os limoeiros em flor? A Austrália...

Ligou para Hiller.

— Gostaria de passar o caso para o Münster. Estou num beco sem saída.

— Nem morto! — disse Hiller.

— Estou velho e cansado — resignou-se Van Veeteren.

— Que bobagem!

— Estou com dor nas costas.

— Você tem que trabalhar com a cabeça, não com as costas. Mas que droga, você tem seis homens trabalhando no caso.

— Quero ir para a Austrália.

Hiller ficou em silêncio.

— Então, está bem! — consentiu. — Por mim, tudo bem! Prenda esse filho-da-mãe, aí você pode pegar um mês de férias...Vejamos, você ainda tem seis dias? Anunciei na televisão que o pegaríamos em duas semanas. Quinta-feira tem um vôo direto para Sidney.

Van Veeteren refletiu. Colocou o telefone sobre a escrivaninha e folheou o calendário.

— Você ainda está aí?

— Estou — respondeu Van Veeteren.

— E aí?

— Está bem! — suspirou. — Mas se não tiver terminado na quarta-feira, pode aguardar minha carta de demissão. E, desta vez, estou falando sério. Vou fazer a reserva amanhã.

Desligou para que Hiller não pudesse ter a última palavra. Releu suas anotações mais uma vez. Em seguida, arrancou-as do bloco e jogou-as no lixo.

Seis dias mais, pensou.

E existia essa possibilidade? A de se punir o 21º?

Rooth sentou-se na cadeira de onde se levantara havia meia hora.

— O que vocês fizeram além da Majorna? — perguntou Van Veeteren.

— Bendiksen.

— Possível assassino?

— Não mesmo.

— Ele recebeu alguma carta?

— Não.

— Continue.

— Ex-mulher. Filhos. Nenhuma carta.

— Dicas?

— Nenhuma. A mulher pareceu chocada.

— Então, ela também não se enquadraria no rol das suspeitas, imagino. O que mais?

— Marcus Greijer e Uwe Borgmann.

— Cunhado e... vizinho?

— Isso mesmo. Nada.

— Álibis?

— Aceitáveis.

— Há quanto tempo eles moram aqui?

— Greijer, há uns dez anos; Borgmann, a vida toda.

— Que mais?

Rooth sacudiu a cabeça. Van Veeteren pescou uma folha de papel de dentro da gaveta da escrivaninha.

Tenho uma lista de 28 nomes... As sugestões de Mitter para possíveis assassinos de Eva Ringmar. Creio que já verificamos a maioria, mas não todos.

Ele entregou o papel a Rooth.

— Dê uma olhadinha nela junto com o deBries.

— Qual será o nosso foco?

— Os álibis, claro. E também o passado deles. Os que são realmente interessantes são aqueles que não moram aqui há muito tempo... Meu Deus! Onde está a fantasia de vocês?

Rooth assoou o nariz, sonoramente.

— Quanto tempo temos?

Van Veeteren olhou no calendário.

— Digamos, segunda-feira. Mas, se vocês encontrarem o assassino antes disso, podem me avisar, não me incomodo.

— Com prazer! — disse Rooth. — Bom fim de semana!

Ele dobrou a folha e colocou-a no bolso da jaqueta. Levantou-se e acrescentou:

— Vamos pegá-lo, não se preocupe.

— Fora! — disse Van Veeteren.

— E nós, o que devemos fazer? — perguntou Münster, quando estavam sozinhos de novo.

Van Veeteren rasgou outras anotações enquanto pensava.

— Você e o Reinhart podem fazer o que quiserem — disse ele, finalmente. — Quem solucionar o caso ganha uma garrafa de conhaque.

— Cinco estrelas? — arriscou Münster.

— Quatro — negociou Van Veeteren. — Quer algumas dicas?

Münster assentiu.

— Ocupem-se dos novatos no Bunge. Aposto que o assassino está entre eles. Mas vocês estão proibidos de sequer chegar perto do colégio.

— Temos os nomes deles — tranqüilizou-o Münster. — Dos que chegaram depois da Eva Ringmar.

— Quantos são?

Münster folheou o bloco.

— Os homens?

— Claro que os homens.

— Onze.

— Tudo isso?

— É, apesar de tudo, há uma certa rotatividade. O que não chega a ser uma surpresa.

— Quantos têm um álibi para o primeiro assassinato?

— Só para o primeiro?

— Só.

Münster ficou procurando um tempo.

— Um — respondeu.

— Só um?

— Só.

— Sobram dez. Tem um deles na lista de Mitter?

— Você a deu para o Rooth.

Van Veeteren tirou mais uma folha da gaveta.

— Já ouviu falar de cópias, detetive?

Münster pegou a lista e comparou-a com a que tinha. Van Veeteren levantou-se e foi até a janela. Cruzou as mãos nas costas e ficou observando a chuva que caía lá fora.

— Dois — concluiu Münster. — Gert Weiss e Erich Volker.

— O Weiss é novo?

— É... Ele começou junto com a Eva Ringmar.

— Não diga... Certo, certo. E Erich Volker, quem é?

— Substituto permanente para química e física — esclareceu Münster. — No colégio, desde setembro de 1991.

— Interessante! — constatou Van Veeteren. — No seu lugar, eu colocaria um pouco mais de pressão em cima dele... e nos outros também, claro... e Weiss. Mostre-me a lista dos novos.

Münster estendeu-a ao chefe. Van Veeteren fitou-a por menos de meio minuto, ficou balançando sobre os saltos dos sapatos e murmurou:

— Ah! Isso mesmo! — disse. — Talvez... Talvez também não... Nunca se sabe...

Münster ficou aguardando uma explicação, que não veio.

— Mais dicas? — perguntou, finalmente.

— Quinta-feira Santa de 1986 — respondeu Van Veeteren.

— O que é que tem?

— Quinta-feira Santa de 1986. Se a pessoa em questão estava circulando de carro, em Karpatz, durante o horário do almoço... Se estava, então o pegamos. Junto com a Eva Ringmar, suponho.

Münster estava com cara de quem não consegue digerir o que acabou de comer. Ele assentiu e fez anotações. Não era a primeira vez que passava por semelhante experiência.

— Mais alguma coisa?

— Os meses de abril e maio de 1986 — completou Van Veeteren. — Em Karpatz, claro, mas procure não ser muito direto. É só ele começar a desconfiar e o perdemos.

Münster fez mais uma anotação.

— Só isso?

Van Veeteren assentiu com a cabeça. Münster colocou o bloco no bolso da jaqueta.

— Segunda-feira?

— Segunda-feira — confirmou Van Veeteren.

— E o que você vai fazer? — quis saber Münster, quando já estava na soleira da porta.

Van Veeteren deu de ombros.

— Não faço idéia — respondeu. — Vou começar com a Beate Lingen.

Münster fechou a porta atrás de si.

Mas, quem diabos, será essa Beate Lingen? Tanto faz, e agora, alguns dias sem *badminton*... Se ele trabalhasse a sexta-feira de manhã à noite, talvez conseguisse até tirar o fim de semana de folga.

Mal entrou na sala, tocou o telefone.

— Mais uma coisa — soou a voz de Van Veeteren —, já que vocês estão com a mão na massa. Dia 1º de junho também é uma boa data... De 1986, quero dizer. Sábado à tarde, em algum lugar da região dos lagos... Mas é só uma idéia, e tenham muito cuidado. Entendeu?

— Não — respondeu Münster.

— Muito bem — retrucou Van Veeteren e desligou.

35

Ele ficou em casa na sexta-feira.

Acordou por volta das nove e religou o telefone.

Procurou agências de viagem no catálogo e reservou o vôo antes mesmo de se levantar. Quinta-feira, 5 de dezembro, 07h30, Australian Airways, vôo de retorno em aberto.

Depois, sentou-se à mesa para tomar café.

E ficou por lá mesmo, ouvindo a chuva e mastigando uma fatia bem grossa de pão integral com queijo e pepino em conserva. À sua frente, o jornal da manhã, aberto... E, de repente, teve uma sensação estranha.

Uma sensação de satisfação. Ele tentou reprimi-la, mas ela simplesmente se manifestava... Quente e teimosa e absolutamente óbvia. Uma sensação de gratidão pela riqueza impenetrável da vida.

O que quer que acontecesse, em... sete dias, estaria tomando o café-da-manhã, na varanda de um hotel, em Sidney. Estaria folheando, distraído, o guia turístico sobre o Great Barrier Reef, acenderia um cigarro e teria o rosto voltado para o sol.

E, até lá, ou teria prendido um assassino ou teria pedido demissão.

Era um jogo, no qual não havia perdedores. Uma manhã cheia de liberdade. Nada de cães vomitando em frente à geladeira. Nada de mulheres ameaçando voltar para casa. A porta trancada. O telefone desligado.

Tornou a pensar em Ferrati e sua calcinha. Pelos diabos! A vida era mesmo uma sinfonia.

Depois pensou em Mitter. E em Eva Ringmar, que nunca conhecera em vida. Era dela que se tratava.

E entendeu que a sinfonia era em menor.

Às 11, terminou de ler o jornal. Encheu a banheira de espuma, colocou a "Suíte para Violoncelo" de Bach num volume bem alto, pôs uma vela em cima da tampa do vaso e entrou na água.

Vinte minutos depois, não tinha mexido um músculo sequer, mas veio-lhe um pensamento.

O calor da água, a chama da vela, os acordes do violoncelo haviam gerado um pensamento.

Um pensamento monstruoso. Uma possibilidade que ele preferia não levar em consideração. Afogar. Apagar, trancar. Era a imagem de um assassino.

Não, ele ainda não tinha botado a mão nele, mas havia um caminho.

Um caminho possível, que ele teria que seguir até chegar ao fim. Teria que percorrê-lo até onde desse, para ver o que se escondia no destino.

À tarde, deitou-se no sofá e continuou a escutar Bach. Adormeceu e acordou quando já estava escuro.

Levantou-se, desligou o aparelho de som e pegou o telefone.

Duas ligações.

A primeira foi para Beate Lingen. Ele se convidou para tomar chá na casa dela, no sábado à tarde. Ela tinha uma horinha de folga, tempo suficiente, não era mesmo?

Era sim, respondeu ele. Ela era apenas um ponto de apoio.

A segunda foi para Andreas Berger. Novamente, teve sorte e Berger atendeu imediatamente. Leila tinha ido passear com as crianças.

— Eu tenho uma pergunta muito pessoal. Acredito que possa ser a chave para essa tragédia. O senhor não precisa responder se não quiser.

— Entendo.

Van Veeteren fez uma pausa. Procurou as palavras.

— Eva era... uma boa amante?

Berger ficou em silêncio. Mas seu silêncio já era uma resposta.

— O senhor vai... vai usar a minha resposta de alguma forma? Quero dizer...

— Não — respondeu Van Veeteren. — Dou-lhe minha palavra.

Berger limpou a garganta.

— Era sim — começou ele, timidamente. — Eva fazia amor como nenhuma outra. Não tive muitas mulheres, mas acho que posso afirmar isso. Ela era... Não sei dizer, as palavras são tão pobres... Anjo e puta... Mulher e mãe... e amiga. Ela era capaz de... satisfazer em tudo.

— Obrigado, isso esclarece algumas coisas. Manterei isso para mim.

O sábado trouxe um céu pálido com nuvens que se moviam em grande velocidade. O sol estava longe e frio, o vento vinha do mar. Na parte da manhã, passeou pelos canais e, para sua surpresa, constatou que o ar estava limpo e cheirava a inverno.

Perto das duas, pegou o bonde para Leimaar. Beate Lingen morava num daqueles prédios novos, em cima do morro. Lá em cima, no sexto andar, com uma vista para toda a cidade... Sobre o vale e o rio, que seguia de forma sinuosa até o litoral.

Ela tinha um jardim de inverno com aquecimento infravermelho e tomates, e foi ali que eles tomaram chá russo e comeram biscoitinhos finos com geléia.

— Quando estou em casa, geralmente me sento aqui — disse ela. — E se tivesse lugar suficiente, colocaria minha cama aqui também.

Van Veeteren concordou. Era estranho estar aqui. Ele tinha a sensação de estar numa estufa de vidro, pairando sobre o mundo. Apesar de se ter ampla visão sobre tudo, continuava-se isolado.

Quero escrever minhas memórias num lugar desses, pensou ele.

— O que o senhor quer saber, Sr. Detetive?

Contra a vontade, ele se deixou arrastar de volta para a realidade.

— Sra. Lingen — começou. — A senhora já conhecia Eva Ringmar desde seu tempo de escola, se bem me recordo. E é essa época que me interessa agora. Deixe-me ver, era...

— Mühlboden. No colégio.

— Vocês eram colegas de sala?

— Sim, de 1970 a 1973. Nós fizemos a prova final em maio.

— A senhora nasceu em Mühlboden?

— Não, num lugarejo nas imediações... Eu ia para o colégio de ônibus.

— E Eva Ringmar?

— Também. Ela morava em Leuwen; não sei se o senhor conhece o lugar?

— Já estive lá — respondeu Van Veeteren.

— É, muitas de nós íamos de ônibus, o colégio era grande. Acho que era o único colégio que tinha ensino médio naquela região.

— A senhora a conhecia bem?

— Para dizer a verdade, nem um pouco... Não tínhamos muito em comum. Nunca fizemos parte da mesma turminha... O senhor sabe como é. A gente é da mesma classe, está sentado todo dia na mesma sala, mas não se interessa nem um pouco pelos demais.

— A senhora sabe se... a Eva alguma vez teve um amigo, alguém com quem... passasse muito tempo junto?

Que jeito idiota de colocar as coisas, avaliou ele.

— Também já me havia perguntado isso — respondeu Beate Lingen. — Então, lembrei de uma história do último ano, durante o outono. Quando um rapaz sofreu um acidente. Ele não era da nossa sala, acho que era alguns anos mais velho, mas tenho certeza de que a Eva tinha alguma coisa a ver com isso.

— Como assim?

— Não sei... Eu acho que foi durante uma festa... Algumas meninas da nossa sala também estavam lá e foi aí que aconteceu o acidente.

— Que tipo de acidente?

— O rapaz morreu. Caiu de um penhasco... A festa era numa casa de veraneio nas proximidades de Kerran... Lá tem umas montanhas bem altas... Acho que o encontraram de manhã. Parece que o álcool também teve algo a ver com isso.

— Mas a senhora não tem certeza se Eva estava mesmo lá?

— Sim, deve ter sido ela... Depois, tentaram varrer tudo para debaixo do tapete, se não me engano. Ninguém queria tocar no assunto, contar o que realmente tinha acontecido... Como se tivesse sido uma vergonha, de uma forma ou outra.

— E não resta dúvida de que foi um acidente.

— O quê? Não... Não, com certeza.

— Não havia nenhuma... suspeita.

— Suspeita? Não, por quê?

— Não tem importância — concluiu Van Veeteren. — Sra. Lingen, alguma vez a senhora chegou a tocar nesse assunto com Eva Ringmar? Mais tarde, quero dizer. Em Karpatz, ou quando a senhora se encontrou com ela aqui na cidade?

— Não, nunca. Em Karpatz, não chegamos a ter muito contato. Só nos encontramos duas vezes, mas só porque tínhamos estado na mesma classe. Considerávamos quase uma obrigação... Ela tinha muitos outros conhecidos, creio... E, claro, eu também...

— Mas, e lá em Maardam, também chegaram a conversar sobre os tempos de escola?

— Não, na verdade, não. Talvez mencionássemos um ou outro professor, mas nós... freqüentávamos turminhas diferentes. E, por isso, não havia muito assunto para conversarmos.

— A senhora tem a impressão de que Eva Ringmar não gostava muito de conversar sobre isso... Seu passado?

Beate Lingen hesitou.

— Tenho — disse ela, ponderadamente. — Pode ter sido isso.

Van Veeteren calou-se uns instantes.

— Sra. Lingen — disse ele, então —, é muito importante para mim obter certas informações daquela época... do tempo de colégio em Mühlboden. A senhora acha que poderia me fornecer nomes de pessoas que eram próximas a Eva Ringmar naquela época... que poderiam saber mais sobre ela do que a senhora?

Beate Lingen refletiu.

— Grete Wojdat — lembrou-se, depois de um tempo. — Isso. Grete Wojdat e Ulrike deMaas. Elas estavam sempre juntas, disso eu sei. Ulrike era do mesmo lugarejo, se não me engano... de Leuwen. De qualquer forma, elas sempre pegavam o mesmo ônibus.

Van Veeteren anotou os nomes.

A senhora tem idéia de onde elas moram agora? — perguntou, então. — Ou se casaram e mudaram de nome?

Mais uma vez, Beate Lingen parou para pensar.

— De Grete Wojdat, não sei absolutamente nada — respondeu. — Mas Ulrike... Encontrei com ela há alguns anos. Na época, ela morava em Friesen... Estava casada, mas acho que manteve o nome de solteira.

— Ulrike deMaas — repetiu Van Veeteren, e sublinhou o nome duas vezes. — Friesen. A senhora acha que vale a pena tentar?

— Como é que o senhor quer que eu saiba, Sr. Detetive? — perguntou-lhe, surpresa. — Afinal, não faço a menor idéia de onde o senhor quer chegar.

E a senhora devia dar graças a Deus por isso, Sra. Lingen, pensou Van Veeteren.

Quando ele deixou a casa, já estava escuro e ventava mais. No ponto do bonde, um grupo de *hooligans* com cachecóis e bonés vermelhos e brancos malandravam. Van Veeteren decidiu ir a pé.

Ele passeou pelo quarteirão da Deijkstraak e pelos Pampas, o terreno logo abaixo da floresta da cidade, onde havia começado sua acidentada carreira de policial. Na esquina da travessa Burger com a rua Zwille, parou por uns instantes e ficou observando o estado deplorável da casa ao lado da cervejaria Ritmeeterska.

Era exatamente assim que ele se lembrava dela: a fachada destruída e cheia de rachaduras, o emboço caído há muito. Até as obscenidades rabiscadas próximo à rua pareciam ter sido produzidas há décadas.

As duas janelas do terceiro andar estavam escuras, tal como naquela cálida noite de verão, há 29 anos, quando Van Veeteren e o inspetor Munck derrubaram a porta de entrada, depois de terem recebido uma ligação histérica. Munck entrara na casa primeiro e as balas do senhor Ocker haviam-no acertado em cheio na barriga. Van Veeteren sentara no chão do corredor e segurara a cabeça do moribundo, que não parava de sangrar. Ocker estava prostrado a 3 metros de distância, depois de Van Veeteren tê-lo acertado no pescoço.

A senhora Ocker e a filha do casal, de quatro anos, foram encontradas pelo pessoal da ambulância, dentro do armário do quarto, estranguladas.

Ele tentou se lembrar quando tinha sido a última vez que ouvira falar de Elisabeth Munck. Já devia fazer anos, embora ele tivesse sido seu amante durante um tempo, numa tentativa desesperada de remediar a situação e se livrar de sua culpa.

Devagar, atravessou a ponte Alexander e perguntou-se o que o levara a pegar esse caminho. A lembrança da travessa Burger realmente não precisava ser refrescada, ela continuava bem viva dentro dele.

Passava um pouco de cinco e meia quando ele entrou na sua sala, no quarto andar. Em 15 minutos, já havia descoberto o paradeiro de Ulrike deMaas. Ligou para ela e marcou um encontro para o dia seguinte.

Em seguida, telefonou para a garagem e pediu que lhe dessem o mesmo carro do domingo anterior. Depois, apagou a luz e ainda ficou um tempo no escuro.

Estranho como tudo parecia estar andando bem de repente.

Como se alguém estivesse puxando as cordinhas, ele pensou.

Não era um pensamento original e, como sempre, apagou-o logo da mente.

36

O corpo de Elizabeth Karen Hennan foi encontrado pelo dono de um cachorro, nas primeiras horas da manhã, na periferia do parque Leisner, em Maardam. Ela estava nua e jazia numa sebe de espinheiro, a alguns metros da ciclovia que atravessava o parque. Tudo levava a crer que o assassino a havia empurrado de um carro ou outro veículo.

Ele não havia se dado ao trabalho de esconder o corpo. O senhor Moussère já o tinha visto antes mesmo de seu pastor alemão alcançar a sebe, mesmo que suas tentativas de refocar o instinto natural do cão não tenham dado resultado.

De uma cabine telefônica nas imediações, ele informou a polícia. A ligação foi registrada às 06h52. Os primeiros a chegarem ao local foram os inspetores Rodin e Marković, ocupantes do carro de polícia de número 26. Eles isolaram a cena do crime imediatamente e mantiveram um primeiro contato com o senhor Moussère.

Às 07h25, chegaram o inspetor da criminalística Reinhart, junto com o inspetor Heinemann e mais dois colegas da perícia. Vinte minutos mais tarde, um médico também estava no local. O primeiro jornalista, no entanto, Aaron Cohen, do *Allgemejne*, só apareceu às oito e meia. Pelo visto, o pessoal na escuta do rádio da polícia tinha cochilado, mas Cohen deixou claro que não tinha sido ele.

Entrementes, quase tudo estava esclarecido, e Reinhart podia, excepcionalmente, fornecer uma descrição quase completa da situação.

Quanto à vítima, parecia tratar-se de Elizabeth Karen Hennan, 36 anos, residente em Maardam, vendedora na loja de suvenires Gloss, na Karlstorget. Embora o corpo estivesse nu, a identificação não foi difícil, pois seus pertences foram encontrados em seguida, um pouco mais além, na mesma sebe. Ali estavam suas roupas, com exceção da calcinha, bem como a bolsa com dinheiro, chaves e identidade.

A hora da morte ainda não tinha sido determinada, mas a temperatura e rigidez do corpo indicavam que ela havia falecido entre uma e três da madrugada.

Quanto à causa da morte, não havia qualquer dúvida. Elizabeth Hennan fora estrangulada, provavelmente em algum outro local e, posteriormente, jogada na sebe. Não havia nenhum sinal de que tivesse oferecido resistência, mas isso provavelmente se devia ao fato de ter sido atingida, primeiro, com um objeto rombudo na têmpora e perdido a consciência em seguida.

Além disso, ela sofrera agressão sexual, aparentemente antes e depois da hora da morte.

O chefe de polícia, Edmund Hiller, foi informado sobre o assassinato por volta de dez horas, quando ainda estava em casa, tomando café. Imediatamente, ele ordenou ao detetive Reinhart que liderasse as investigações. Além disso, retirou os inspetores Rooth e Heinemann do chamado caso "assassinatos dos professores" e subordinou-os a Reinhart.

Àquela altura, nem Hiller nem ninguém tinha qualquer motivo para supor uma ligação entre os três assassinatos.

Quando o detetive-chefe Van Veeteren retirou o Toyota vermelho do estacionamento da polícia naquela manhã, ele ainda não tinha conhecimento do que havia acontecido durante a madrugada.

TERCEIRA
PARTE

Domingo, 1º de dezembro
Quinta-feira, 5 de dezembro

37

A localidade de Friesen parecia ainda estar adormecida neste domingo cinzento e enevoado de dezembro. Às duas e meia, Van Veeteren parou na frente da estação de trem e, poucos minutos depois, encontrou o restaurante Poseidon, localizado num subterrâneo, no lado norte da Salutorget.

O restaurante estava vazio. Mesmo assim, ele procurou uma mesa isolada em um canto reservado, na parte de trás. Ele se sentou naquela penumbra e pediu uma cerveja. O garçom era rechonchudo, e completa e absolutamente calvo, lembrando o gângster de um filme que ele tinha visto havia anos.

Provavelmente de um seriado, mas, ainda assim, não conseguia se lembrar do nome dele. Nem do personagem, nem do ator.

E, enquanto ainda estava esperando por Ulrike deMaas, começou a ter uma nova sensação... De que estava no lugar certo.

De que deveria ter vindo aqui há muito tempo para conversar com essa velha amiga. Essa certeza pairava no ar. Parecia que o restaurante estava esperando por ele neste domingo à tarde. Em um filme, agora teria início a cena inevitável, aquela que pode ser reutilizada diversas vezes. Cujos *flashes* são repetidos durante todo o filme... Era óbvio, mas pertencia ao tipo de conhecimento que ele geralmente procurava pôr de lado. À intuição que simplesmente se expunha e com a qual ele tinha a sensação de ser uma espécie de ferramenta da justiça divina, uma pessoa que jamais se enganava, nem mesmo no 21º caso...

Entretanto, isso não era motivo para se gabar. Ele se lembrou da vez em que havia conseguido prender um estuprador depois de ficar meia hora, em seu quarto, jogando paciência... Mas isso era algo que ele realmente não podia contar aos colegas nas palestras que dava.

Bebeu a cerveja devagar e ficou esperando. Parecia um inabalável chefão da máfia sob a luz suja da lâmpada de teto. O careca tinha aparecido mais uma vez para acender uma vela e demonstrar sua solicitude. Depois, havia se escondido em seu canto escuro e, como Van Veeteren, ficou aguardando a chegada de Ulrike deMaas.

Ela chegou pouco depois das três, exatamente como havia prometido. Uma mulher elegante e morena, vestindo um casaco de baeta e um cachecol vermelho-ferrugem. Ela trabalhava até as três horas, no museu do outro lado da praça, e, afinal, apagar as luzes e trancar as portas não levava tanto tempo assim... Van Veeteren imaginou que o museu devia ser tão procurado quanto o Poseidon. Era domingo, o primeiro do Advento, as pessoas certamente tinham mais o que fazer do que visitar museus locais ou passar o tempo em restaurantes.

— Detetive Veeteren?

— Van Veeteren... Por favor, sente-se. A senhora é Ulrike deMaas?

Ela assentiu e pendurou o casaco sobre o encosto da cadeira.

— Perdoe-me se preferi encontrar-me com o senhor aqui do que em minha casa, mas está um pouco movimentado lá, no momento... E o senhor tinha dito que queria ter uma conversa tranqüila.

Ela sorriu, um pouco hesitante.

— Não poderia ter imaginado um local mais apropriado — disse Van Veeteren. — O que posso lhe oferecer?

O careca surgiu de dentro da escuridão.

— Vamos comer alguma coisa? — arriscou Ulrike deMaas, hesitante.

— Com prazer — respondeu o detetive. — Levei duas horas para chegar aqui de carro e, depois, terei mais duas horas de estrada para voltar. Um cozido, nessa escuridão invernal, é o menor dos meus desejos. Esteja à vontade para escolher... É o Estado que está pagando.

Ela sorriu novamente, desta vez, mais à vontade. Tirou um elástico do cabelo liberando uma nuvem cor castanha. Van Veeteren lembrou-se de que era um tira velho, a apenas dez anos da aposentadoria.

Ela acendeu um cigarro.

— Sabe, Sr. Detetive, quando li sobre a morte dela foi tão... Não que eu tivesse esperado aquilo, mas não me senti chocada ou horrorizada... ou qualquer coisa assim. Não é estranho?

— Talvez. A senhora poderia explicar melhor?

Ela hesitou um pouco.

— A Eva... Ela era aquele tipo de pessoa... Vivia perigosamente... Bem, talvez isso seja um exagero, mas ela bem que tinha algo... dramático.

— A senhora a conhecia bem?

— Muito bem, até. Pelo menos, naquela época. Nunca nos reencontramos depois. Estudamos juntas durante seis anos... Os últimos três anos em Leuwen e, depois, os três anos do ensino médio em Mühlboden. E foi principalmente em Mühlboden que ficamos muito próximas, éramos quatro ou cinco... Isso, a nossa turma, quero dizer.

— Meninas?

— Meninas. Geralmente, éramos apenas duas ou três quando organizávamos alguma coisa... As outras estavam ocupadas com os rapazes... Mas isso mudava constantemente.

— Entendo. A Eva tinha muitos amigos diferentes na época?

— Não, ela era a mais cuidadosa de todas... Sério mesmo, mas...

— Mas...?

— De certa forma, Eva tinha mais motivo para ser cautelosa do que nós. Pode parecer estranho, mas sempre se atirava nas coisas de corpo e alma... então precisava prestar atenção para não se machucar... para não se ferir, quero dizer. Ela era forte e frágil, ao mesmo tempo, se o senhor me entende.

— Não de todo — confessou Van Veeteren.

— No último ano, ela mudou bastante... Durante a época em que íamos ao colégio em Leuwen, praticamente não tive contato com a Eva. Ela e seu irmão, Rolf... Eles eram gêmeos... Viviam juntos. O pai dela morreu naquela época e acho que foi melhor para ela... Ele bebia. Também não me espantaria nada se ele tivesse batido nela... E na mãe dela também.

De que forma ela mudou no último ano?

— Ela tornou-se... mais aberta. Começou a ter novas amigas... Começou a viver.

— E isso tinha a ver com a morte do pai?

— Acho que sim. A sua relação com o irmão relaxou mais. Provavelmente, eles precisavam se proteger mutuamente do pai.

— O Rolf foi embora, mais tarde, não é?

É. No início, ele estudava numa turma paralela, mas depois, largou a escola, ele queria ir para o mar... Acho que acabou se fixando nos Estados Unidos.

Van Veeteren confirmou.

— A senhora consegue se lembrar do nome de algum garoto mais chegado à Eva?

— Lembro, sim... Desde o seu telefonema, fiquei quebrando a cabeça, e os únicos nomes de que lembrei e com quem ela realmente ficou junto... Se o senhor me entende... eram, primeiro, Rickard Antoni, um colega da nossa turma. Foi pouco antes da prova final, e creio que só durou algumas semanas. De qualquer forma, ela terminou o namoro no outono, quando foi para a faculdade... E ele já tinha outra namorada, Kristine Reger, uma amiga minha. Eles acabaram se casando mais tarde.

— E quem foi o outro?

— Que outro?

— A senhora falou no plural.

— Foi o Paul Bejsen, naturalmente. O que morreu.

— Poderia ser mais clara?

Ela respirou fundo. Acendeu mais um cigarro e permaneceu completamente imóvel, com a cabeça apoiada em uma das mãos, durante algum tempo.

Uma pausa para recuperar as forças, pensou ele. Para vencer a resistência.

— Foi no dia de Todos os Santos, no último ano — começou ela. — Um garoto da nossa turma, Erwin Lange, tinha uma casa de campo... Tudo bem, era dos pais dele, claro... Nas proximidades de Kerran, a paisagem naquela região é absolutamente maravilhosa, urzais, penhascos, cânions; não sei se o senhor já teve a oportunidade de visitar.

Van Veeteren balançou a cabeça.

— Seja como for, fizemos uma festa lá... Acho que éramos uns vinte, ao todo, a maioria da nossa sala, e havia ainda alguns de fora. A Eva estava namorando o Paul Bejsen havia uns dois meses... Ele era um pouco mais velho, mas fez a prova final no mesmo ano. Eles realmente formavam um casal, tenho certeza disso.

— Ele foi o primeiro amante da Eva?

Ulrike deMaas hesitou.

— Foi, eu não saberia quem mais poderia ter sido... Se bem que...

— Se bem que...?

— Se bem que eu tinha a impressão de que aquela não era a primeira vez... De que ela era bastante experiente.

— O que lhe dava essa impressão?

— Não sei. É algo que se percebe, simplesmente. Pelo menos, as mulheres conseguem perceber isso. Dá para perceber se outra mulher já esteve na cama com um homem antes...

Van Veeteren assentiu com a cabeça. É possível que fosse verdade.

— O que aconteceu naquela noite?

— A festa era regada a álcool, além de maconha, mas não posso dizer que extrapolamos... Tudo era simplesmente hilário. Sentamos a noite toda em torno de uma fogueira enorme no pátio, assamos um porco, bebemos e cantamos... Enfim, o senhor sabe... Muitos casais se encontravam e sumiam de vez em quando... Dentro da casa ou no urzal... Sei de pelo menos duas meninas que perderam a virgindade naquela noite...

Ela fez uma pausa.

— Eu fui uma delas.

Van Veeteren confundiu o palito de dentes com o cigarro.

— Afinal, eu já tinha 18 anos! Já não era sem tempo... Enfim, na manhã seguinte, soubemos o que havia acontecido. Foi horrível, Sr. Van Veeteren... Dá para imaginar! Fomos acordados pela polícia, acho que ainda eram sete e meia... Vinte jovens de ressaca, que tinham dormido, no máximo, duas horas... Pela polícia e por um vizinho. Ele havia encontrado um morto num barranco... acho... acho que muitos de nós nos tornamos adultos naquela manhã.

Ela ficou em silêncio durante alguns segundos.

— Pelo menos, eu. Numa mesma noite, perdi minha virgindade e um bom amigo...

— A senhora era muito amiga de Paul Bejsen?

— Talvez não muito, mas eu o conhecia bem. Ele era agradável, simpático, talentoso... Todos gostavam dele... E, certamente, muitas estavam apaixonadas por ele.

— A senhora também?

— Não naquela época. Talvez antes...

— Mas, afinal, o que foi que aconteceu?

Ulrike deMaas encolheu os ombros. Subitamente, parecia que estava com frio.

— Eles tinham ido ao urzal, o Paul e a Eva... E, por algum motivo, ela terminou com ele e o deixou ali, plantado. Não sei, mas acho que ele estava bastante bêbado... Mas esse foi um dos detalhes que se tentou esconder mais tarde... De qualquer forma, ele acabou se suicidando. Atirou-se de um penhasco. É macabro, mas ainda escolheu o lugar certo para fazê-lo. Aquele penhasco é conhecido como local de suicídio na região. Pelo que se conta, em épocas remotas, os anciãos se dirigiam para lá quando notavam que suas vidas estavam chegando ao fim. Não queriam tornar-se um peso na vida de ninguém...

Ela balançou a cabeça.

— Que história horrível aquela. E jamais colocou-se uma tampa mais pesada em algo que cozinhava de forma tão intensa. Os pais dele eram muito religiosos, pertenciam à Igreja Protestante, ele era filho único... Pois é, Sr. Detetive, dá para imaginar, Mühlboden não é uma cidade grande.

Van Veeteren conseguia imaginar.

— E quanto à polícia? Ela certamente interrogou a todos?

— Sim, fomos todos intimados a ir à delegacia, para prestar depoimento... um após o outro. Isso levou alguns dias, já que não fomos liberados das aulas. Mas não tínhamos muito para contar.

— Ele não deixou uma carta de despedida?

— Não.

— Como foi que Eva Ringmar reagiu?

— Foi duro para ela. Muito duro, até. Se me lembro bem, ela acabou ficando em casa até o fim do ano letivo... ou quase até o fim, isso mesmo, porque ela participou da festa de Natal, eu me lembro. Nós fazíamos parte do coro, ela e eu... Naturalmente, ela não tinha participado dos ensaios, mas isso não foi problema. Cantamos o de costume.

Ela ficou em silêncio novamente.

— Hoje é o primeiro domingo do Advento... e já faz vinte anos. Posso... fazer uma pergunta, Sr. Detetive?

— Claro.

— Por que o senhor está remexendo nessa história antiga... O senhor realmente acha que tem algo a ver com tudo isso?

— Com tudo isso, o quê, Sra. deMass?

— Com o que aconteceu, naturalmente. O assassinato da Eva e do seu marido... O senhor não está achando que há uma relação, está?

— Sra. deMass — respondeu Van Veeteren —, se aprendi algo na minha profissão, foi que, neste mundo, há mais relações do que partículas no universo.

Ele aguardou um pouco, enquanto ela o observava com seus olhos verdes.

— O único problema é encontrar a certa — acrescentou.

— E o senhor conseguiu? — perguntou ela, antes de se despedirem, na praça. — O senhor encontrou a relação certa?

Creio que sim disse ele. Mas ainda tenho que observar os detalhes mais de perto para ter certeza.

Ele ainda não sabia ao certo o que queria dizer com aquilo... Os olhos dela, tão grandes e sérios, e tudo que ela dissera fazia tanto sentido... E por que o pensamento teria que, necessariamente, anteceder a verbalização? Será que ele ainda não havia aprendido, no decorrer de todos esses anos, que o contrário também era possível?

Ela lhe deu um abraço curto, agradeceu o Estado pelo almoço, e ele percebeu, de repente, que essa era a segunda mulher neste caso pela qual ele poderia se apaixonar.

Se tivesse idade para isso... E se fosse capaz de se apaixonar.

Van Veeteren precisou de meia hora para dissipar esses sentimentos indesejados, mas ainda lhe sobrava tempo suficiente para refletir sobre o que tinha acabado de ouvir e planejar os passos seguintes.

Estava perto, dava para sentir. Mais um ou dois depoimentos. Algumas perguntas às pessoas certas e ele teria uma visão abrangente de tudo que estava por trás daqueles acontecimentos.

E então, só faltaria encontrar o ator principal neste drama. A estrela.

O assassino.

Ele suspirou, e uma sensação de impotência foi tomando conta dele.

Quantas eram, na verdade? Quantas pessoas tinham precisado pagar com a própria vida só por causa daquela pulsão forçada, pervertida...?

Quantos teriam sido ao todo? Quantos haviam perdido a vida somente por causa desse compulsivo, desse pervertido...

Não sabia.

Pelo menos dois.

A probabilidade era grande de que fossem três.

Possivelmente quatro.

Ou até mais?

Não era inimaginável. Após tantos anos do lado sombrio da sociedade, restavam-lhe poucas coisas inimagináveis.

Ainda assim. E se ele não confessasse?

Se ele fosse obstinado a ponto de negar tudo, quando Van Veeteren o confrontasse com os fatos?

Isso seria bastante improvável, mas, claro, também era possível... E aí ele ainda teria de comprovar toda aquela merda.

Soltou um palavrão e pisou no acelerador.

Provas?

Não era hora de quebrar a cabeça com provas. Isso, os outros podiam fazer, Münster e Reinhart e Rooth, todos eles podiam se incomodar com isso enquanto ele estivesse sob as palmeiras, em Brisbane.

Será que há palmeiras em Brisbane?

Colocou Händel e acelerou mais ainda.

38

Münster deu uma olhada nas listas que tinha. Depois, olhou para Jung, que tirava uma soneca sob o retrato do ministro da Justiça.

O senhor e seu escravo, pensou Münster. O ministro de olhos de águia estava em posição de sentido, em frente a um fundo azul pálido, ladeado pela bandeira e pelos leões de um lado e do outro, por uma escrivaninha, sobre a qual se via o código e o martelo.

Jung, por sua vez, parecia um criminoso profissional... Jogado naquela cadeira, cansado, a barba por fazer e um par de olheiras escuras sob os olhos.

— Pronto — disse Münster e pigarreou. — Pelo que posso avaliar, o caso está encerrado.

— Hum? — murmurou Jung.

— Sobrou um. Deve ser esse mesmo.

— Afinal, do que é que você está falando? — perguntou Jung e esfregou os olhos com os punhos. — Ainda tem café?

Münster encheu duas canecas.

— Senta aí e ouve só, vou repassar tudo de novo.

Jung sentou-se atrás da escrivaninha.

— Aqui estão os nomes das pessoas que não têm um álibi para a morte da Eva — esclareceu Münster e empurrou uma folha de papel na direção do colega. — Trata-se, naturalmente, de muita gente.

— Isso vale para a população mundial ou você se limitou aos habitantes da Europa? — perguntou Jung.

— Somente os "bungianos" e outros conhecidos — respondeu Münster.

Jung concordou com a cabeça e tomou um gole de café.

— Aqui estão os que moram na cidade há, no máximo, dois anos — disse Münster, estendendo-lhe outra folha.

— E aqui estão aqueles que não têm um álibi muito consistente para a morte do Mitter.

— Aqueles que poderiam ter entrado e saído daquela clínica — completou Jung.

— E voltado de novo — disse Münster —, para golpeá-lo.

— Esfaqueá-lo — corrigiu Jung.

— Esquartejá-lo — exagerou Münster. — Aliás, o deBries me deu o relatório dele. A situação é a seguinte... Ele diz que parece que alguém desceu pela calha mais de uma vez.

— Como é que ele chegou a essa conclusão?

Münster riu.

— Ele e o Moss fizeram uma tentativa.

— O Moss pesa quanto? — quis saber Jung.

— Por volta de 90, eu acho — arriscou Münster. — Ele está brincando com a idéia de pedir as contas, diz o deBries, mas parece que os pacientes e os médicos passaram uma tarde bem divertida... Mas, enfim, dá uma olhada nas listas e compara os nomes. Quantos batem?

Jung se concentrou nos documentos.

— Um — concluiu.

— Isso mesmo — aquiesceu Münster. — Com isso, pegamos o cara. E ainda tem mais, dá para ver?

— A carta? — perguntou Jung.

— É — disse Münster. — Se tiver sido ele, a teoria sobre a carta também bate. Vamos?

Jung olhou para o relógio.

— Para onde? — indagou.

— Para casa, claro — respondeu Münster. — Avisarei o Van Veeteren amanhã de manhã.

— Münster — começou Jung quando os dois já se encontravam no elevador. — O que há por trás de tudo isso? Quero dizer, qual o motivo?

— Não faço idéia — disse Münster.

— É o Reinhart — disse.

— Que diabo! — resmungou Van Veeteren. — Você sabe que horas são?

— Quatro e meia — respondeu Reinhart. — Acordei você?

— Vai para o inferno! — sugeriu o detetive. — O que é que você quer, afinal?

— Você soube da mulher no parque Leisner?

— Soube... algo. O que é que tem? Ela reviveu?

— Acho que tem uma relação.

— Uma relação?

— Isso, uma ligação.

— Com o quê?

— Com o assassino, claro! Ou será que não tenho o prazer de estar falando com o perspicaz detetive-chefe Van Veeteren?

— Não, você está falando com o testamenteiro dele — disse Van Veeteren. — Fala logo o que descobriu ou vamos acabar tendo outro caso!

— Interroguei muita gente...

— Faço votos.

— Entre elas, uma amiga da vítima, Johanna Goertz. Ao que tudo indica, Liz Hennan havia-lhe confidenciado algumas coisas.

— Hennan? Era esse o nome da vítima?

— Isso, Liz Hennan. Ela contou para a Johanna Goertz... na quinta-feira, que havia conhecido um homem. Tinham marcado um encontro para o sábado... Quero dizer, sábado passado... E ela estava com um pouco de medo. Também contou algumas coisas sobre ele... Não muito, afinal, nem ela sabia muito. Não sabia sequer o nome. Ele dizia chamar-se John, mas ela não acreditava que esse fosse o nome dele... Você ainda está aí?

— Estou — respondeu Van Veeteren. — Fala logo do que se trata, Reinhart!

— Já chego lá — disse Reinhart. — De qualquer modo, ele parece ter contado uma história bem fantástica para a Liz Hennan... Ele disse que, uma vez, tinha pego um assistente social com uma aluna.

— O quê?

— Isso mesmo, pegou em flagrante. Assistente social e aluna... Isso indica em que direção?

Van Veeteren permaneceu um segundo em silêncio.

— De uma escola — respondeu então.

— Também acho — concordou Reinhart. — Só que agora estou realmente cansado. Acho que vou me deitar e desligar o telefone. Liga para mim por volta das nove.

— Ei! Espera aí! — exclamou Van Veeteren, mas já era tarde.

Ele escreveu o sexto nome lá no final do livro.

Olhou, então, para sua própria lista. Três mulheres e três homens. Equilibrado, mesmo que um dos homens ainda fosse uma criança.

Também anotou a data. Mais uma vez, tentou encontrar uma certa harmonia, mas não conseguiu... As datas se espalhavam por diversos anos e meses; a única tendência era a diminuição dos intervalos... oito anos... seis anos... mais seis anos... sete semanas... dez dias...

Fechou o livro e colocou-o na prateleira. Olhou para o relógio. Passava um pouco das cinco. Ainda estava completamente escuro lá fora. Sobre a cama estavam as bolsas de viagem, prontas. Não havia nenhum motivo para esperar mais. Então, vamos...

Mais uma vez, ele deixaria tudo para trás.

O cansaço parecia espetá-lo com agulhas e ele decidiu não ir muito longe. Talvez uns 200 a 300 quilômetros. Depois, um hotel e uma cama.

O importante era ir embora. Sumir.

Se, pelo menos, conseguisse dormir, já estaria pronto para encarar a vida de novo amanhã. E começar de novo.

Sem o velho. Isso era passado. Ele sabia que, finalmente, tudo tinha ficado para trás.

Amanhã. Em outro lugar.

39

— Mas que droga o senhor está fazendo aqui? — perguntou Suurna com uma cara azeda.

— Estou me despedindo da minha antiga escola — respondeu Van Veeteren. — E, aliás, desde quando professores usam tal palavreado?

— Viemos apanhar um assassino — disse Reinhart.

Suurna abriu e fechou a boca várias vezes, sem conseguir produzir um som sequer. Ele se segurou à escrivaninha e Münster teve, novamente, a impressão de que o diretor estava prestes a desmaiar.

— Sentem-se, por favor — disse ele.

— Trata-se de Carl Ferger — disse Van Veeteren. — O senhor saberia dizer onde ele se encontra no momento?

— O zelador? — perguntou Suurna. — Têm certeza disso?

— Absoluta — disse Reinhart. — Agora, poderia nos dizer onde ele está?

— Sim... Cla-cla-claro — gaguejou Suurna. — Vou perguntar à Sra. Bellevue...

Ele começou a mexer no interfone.

— Peça para ela vir aqui — disse Van Veeteren. — Afinal, não queremos alertá-lo.

Meio minuto depois, a senhora Bellevue entrou com os olhos arregalados e os brincos tilintando.

— Estes senhores estão à procura do Ferger — disse Suurna. — Você sabe onde ele está?

— Ele ainda não chegou — respondeu a senhora Bellevue, e os brincos tilintaram novamente.

— Ainda não chegou? — perguntou Suurna. — Por quê...

— A que horas ele deveria ter chegado? — interrompeu Van Veeteren.

— Às sete e meia — disse ela. — E não recebemos nenhuma licença médica. Não sei o que aconteceu. Mattisen também está procurando por ele, hoje é dia de mudar o piano de cauda de lugar...

— Droga! — exclamou Van Veeteren.

— Alguém já tentou ligar para ele? — questionou Reinhart.

— Mattisen já ligou, mas ninguém atendeu. Talvez ele tenha tido problemas com o carro ou algo assim.

— Durante duas horas? — estranhou Suurna. — Ele mora há apenas dez minutos daqui.

— Droga! — repetiu o detetive. — Dê-me o endereço dele imediatamente, Suurna... Você e eu vamos para lá,

Münster! Reinhart... Você vai dar uma dura no assistente social.

— Com prazer — concordou Reinhart.

Ele bateu na porta e foi entrando.

O assistente social tinha uns 45 anos. Tinha barba, usava sandálias e brinco.

— Um momento... — disse ele.

— Não tenho todo esse tempo — respondeu Reinhart. — Sugiro que você se ocupe do pestinha depois.

O garoto no sofá levantou-se contra a vontade.

— Por favor, espere lá fora — disse o assistente social. — Afinal, o que é isso? Ir simplesmente entrando...

Reinhart esperou até o rapaz fechar a porta atrás de si.

— Para dizer a verdade, estou morrendo de pressa. Por isso, vou lhe dar apenas uma oportunidade.

— Não sei do que o senhor está falando. E quem é o senhor?

— Polícia — respondeu Reinhart. — Se o senhor confessar agora mesmo, prometo não jogar no ventilador. Não desta vez. Se criar confusão... Então, não sei como vai conseguir manter seu emprego.

O assistente social ficou calado. Sentou-se, cuidadosamente, no canto da escrivaninha.

— O senhor teve um caso com uma das alunas durante o último ano? E chegou até a ter relações com ela aqui, dentro do colégio?

A resposta não veio. O assistente social engoliu em seco e começou a mexer com a barba.

— O problema aqui não é com o senhor — disse Reinhart. — Trata-se de um filho-da-puta pior ainda. Tem dez segundos ou vai para o distrito comigo.

O assistente social largou a barba e tentou olhar Reinhart nos olhos.

— Tive — disse ele. — Foi...

— Obrigado — interrompeu o policial. — É o bastante.

Ele bateu a porta com tamanha força, que ecoou por todo o corredor.

— Arromba a porta — ordenou Van Veeteren.

— Temos especialistas que conseguem abrir a fechadura — lembrou Münster.

— Não temos tempo para isso — disse Van Veeteren.

— Geralmente tem um zelador — insistiu Münster.

— Eu disse para arrombar a porta. Ou será que eu mesmo terei que fazer isso?

Münster pegou embalo. A porta estava muito bem posicionada, o mais afastado possível da escadaria. Havia uns 8 metros para ele correr. Van Veeteren chegou para o lado.

— Dá-lhe!

Münster estatelou o ombro contra a porta. Ambos fizeram um barulho enorme, tanto a porta quanto Münster, mas foi só.

— Mais uma vez! — gritou o chefe.

Münster colocou-se novamente em posição de ataque, mas não teve mais sucesso do que da primeira vez.

— Chame o zelador! — ordenou Van Veeteren. — Eu espero aqui.

Dez minutos depois, Münster apareceu com um homem magrinho, metido num macacão azul e de boné.

— É o senhor Gobowsky — apresentou.

Em volta dos pés de Van Veeteren havia um anel de palitos de dentes mastigados, que foram criticamente avaliados pelo senhor Gobowsky. Em seguida, ele solicitou a identificação do detetive.

Parece que já havia visto isso em algum filme.

O apartamento era dividido em dois ambientes pequenos e uma cozinha menor ainda. Não precisaram de mais de cinco segundos para se convencerem de que o locatário havia se mudado. Van Veeteren se jogou numa poltrona de imitação de couro.

— Ele conseguiu fugir — disse. — Vamos ter que dar o sinal para que seja procurado no país. Não me interessa quanto vai custar... Münster, você fica aqui e passa o pente-fino nesta espelunca. Vou mandar alguém para ajudá-lo.

Münster concordou. O detetive-chefe voltou-se para o zelador, que tinha ficado olhando do corredor, curioso.

— Ele tinha carro? — perguntou.

— Um Fiat azul — respondeu Gobowsky. — Acho que era um Tipo.

— E ele estacionava o carro onde?

— Do lado de fora, no estacionamento.

Gobowsky virou a cabeça na direção da rua.

— Vamos ver se o carro ainda está lá — sugeriu Van Veeteren. — O colega continuará trabalhando aqui.

— Espera aí! — gritou Münster, quando o detetive estava saindo do apartamento. — Olha aqui!

Ele estava segurando uma pequena fotografia emoldurada. Van Veeteren pegou-a e olhou cuidadosamente para ela.

— Eva Ringmar — disse ele. — Alguns anos mais nova, mas é a Eva Ringmar.

— Ou seja, mais nenhuma dúvida? — disse Münster.

— Por que, eu ainda tinha alguma? — retrucou Van Veeteren e, desta vez, deixou mesmo o colega trabalhando.

— Carl Ferger, sim — disse Reinhart. — Veio para cá em 1986, talvez até antes... Enviem um *fax* imediatamente! E avisem para dar sinal assim que o encontrarem. E usem de todos os meios, cartazes de procura-se, Interpol, tudo que temos! E avisem assim que receberem uma resposta, entendido?

Widmar Krause tinha entendido.

— Um para o registro de central... e um para o outro lado do mundo — repetiu Reinhart. — Vamos ver quem é mais rápido.

Krause sumiu. Reinhart olhou para o relógio. Meio-dia e 15. Olhou para Van Veeteren, que estava prostrado sobre a escrivaninha.

"Parece o resultado de um embalsamamento parcial", pensou.

— Onde acha que ele está? — perguntou.

— Ele deve ter apagado na cama de algum hotel — disse Van Veeteren. — O que, aliás, não é má idéia. Sabia que um idiota desses me acordou hoje de madrugada, às quatro e meia? Vamos almoçar agora?

— Claro! — aceitou Reinhart. — Menos na cantina.

— De jeito nenhum! — concordou Van Veeteren. — Se não podemos fazer nada mesmo, podemos, pelo menos, nos permitir algo um pouco melhor.

— Certo! — disse Reinhart. — Vamos no La Canaille. A gente deixa o telefone na recepção... Agora, e se for justamente o Klempje quem está de serviço?

— Pode deixar que não é — respondeu Van Veeteren. — Ele continua exilado.

40

O noticiário do meio-dia botou tudo a perder.

Ele tinha dormido três horas num refúgio de beira de estrada. Tinha se enrolado num cobertor no banco traseiro e acabou acordando com o frio. Antes de seguir viagem, ligou o rádio, por coincidência ouviu o noticiário e descobriu que estava sendo procurado.

E isso no país inteiro. Carl Ferger. Suspeito de três homicídios. Na estrada, dirigindo um Fiat Tipo azul, placa número...

Desligou o rádio. O mundo e o tempo pararam durante alguns segundos. O único movimento provinha do sangue que pulsava em suas têmporas. Ele só tinha olhos para as mãos, que apertavam o volante com tamanha força que as dobras dos dedos ficaram brancas.

Eles o pegaram. Estava sendo procurado.

Perseguido.

Caça acossada.

Tinha que se conscientizar disso primeiro.

Três assassinatos?

Deu uma gargalhada.

Quais, então, poderia perguntar a eles. Isso mesmo, se fosse pego, perguntaria isso a eles. Perdoe-me, Sr. Detetive, diria. Cometi seis assassinatos. Sou suspeito de quais três?

Seu bafo embaçou a janela. Ele a limpou com o cachecol. Abriu uma fresta e olhou em volta. O estacionamento estava vazio, com exceção de uma carreta, a 50 metros de distância.

Fiat azul... Droga! Por que desligara o rádio? Ligou novamente, mas só tocava música.

O que mais sabiam?

E quem pensavam que ele era?

Procurado no país inteiro? O que significava isso? Barreira nas estradas?

Improvável. Ele já tinha rodado mais de 300 quilômetros desde que deixara Maardam... Se sabiam o horário aproximado de sua partida, então já deviam saber que, a essa altura, ele realmente podia estar em qualquer lugar.

Mas como...

Como tinham chegado até ele?

Ligou o carro. Passou, devagar, pela carreta e pegou a auto-estrada.

Certamente, Liz era culpada de tudo, aquela puta maldita. Algo tinha dado errado, mas ele não conseguia entender como haviam associado Liz aos outros casos... Aquela desgraçada. Se ele pelo menos tivesse dado ouvidos àquela vozinha que vinha de dentro dele... aquela vozinha que o tinha avisado... tinha dito para manter distância daquela... puta. Um pedaço de carne, ela não passava disso.

Somente um pedaço de carne nojento.

Esse erro ele não cometeria mais. E a polícia teria que concordar, incontinente, que ele havia feito um favor à sociedade, livrando-a de alguém como Liz Hennan. Pelo menos, ele não tinha motivo para se repreender... Quanto aos outros, era outra história... Os motivos tinham sido diferentes... Mas, no momento, ele não tinha tempo para quebrar a cabeça sobre isso.

Agora, ele tinha que agir. Alguma coisa tinha dado errado... Algo dentro dele já o tinha alertado. E, mais uma vez, foi salvo por sua intuição... Se não, por que teria deixado Maardam? Foi exatamente como daquela vez, com a Ellen...

Ellen. Já fazia 12 anos. Ela também tinha sido uma prostituta. Isso era ponto pacífico. Nada mais que uma puta nojenta, feito a Liz. Ele ainda a via à sua frente... A mesma lascívia, igualmente fodidas à exaustão, as duas eram...

Ele aumentou a velocidade. Viu que teria de abastecer em breve. Por que é que elas apareciam sempre de novo? Os corpos nus, o colo pulsando... Não tinha tempo para isso agora... Tinha que se concentrar no que era essencial e não naquela repugnância. Tinha que manter a mente aberta. Pensar claro, fazer o certo e isso, imediatamente...

Procurado.

Olhou para o relógio. Ainda era 12h15. Teria sido aquele o primeiro comunicado, ou será que já o haviam transmitido outras vezes? Era melhor deixar o rádio ligado, assim, ele não perderia nada.

Ligou-o e acendeu um cigarro. Também estavam terminando.

Encher o tanque e comprar cigarros, isso era o que importava agora.

E depois?

Rádio, pensou. E a televisão? Os jornais? Será que tinham um retrato dele?

Será que já era tão conhecido quanto o presidente, se passasse agora pelo posto de gasolina?

Ele não considerava a televisão tão perigosa. Quem estaria sentado, de manhã, assistindo à televisão? Os jornais, isso era pior... Mas ele não tinha visto nada nos jornais matutinos; pelo menos, não nos que ele havia comprado. Claro que tinham noticiado o assassinato, mas não mencionaram nenhum Carl Ferger a bordo de um Fiat azul.

Os jornais vespertinos certamente trariam a notícia. Haveria um cartaz de procura-se, com a sua foto... Como aconteceu, alguns anos antes, quando um ministro foi assassinado.

Mesmo assim, teve que rir. Afinal, a que horas saem os primeiros vespertinos?

Às duas? Duas e meia?

Até lá, teria que se tornar outra pessoa.

Era simples assim. Teria que trocar de roupa o mais rapidamente possível. Que pena que não tinha mais a peruca, mas a polícia já a conhecia. Que mais?

O carro?

Largá-lo por aí e alugar outro?

Não queria fazer isso. E também era muito arriscado. Decidiu deixar acontecer e seguir em frente. Se conseguisse deixar o carro onde não chamasse a atenção, não haveria problema... Poderia sujar as placas... Além disso, havia milhares de carros azuis, da marca Fiat, pelo país afora.

Mas e aí?

Esta pergunta caiu sobre ele e manteve-o preso em sua garra de ferro por alguns instantes. Uma garra que se assemelhava a um torno. O que diabos aconteceria com ele?

Esta noite? Na noite seguinte? Na manhã seguinte?

Ele engoliu em seco e aumentou ainda mais a velocidade. Reprimiu essas preocupações. Passaria a solucionar um problema após o outro. Primeiro, sua aparência, depois, agiria conforme a situação se desdobrasse. Afinal, esse sempre tinha sido seu forte. A capacidade intuitiva que tinha de tomar a decisão certa no momento exato... Dinheiro, por exemplo... Já tinha limpado a conta no sábado... Nesse meio-tempo, naturalmente, já a teriam bloqueado, mas ele tinha o suficiente para, pelo menos, duas semanas.

O que não podia fazer, era se precipitar. Tudo estava sob controle. Também não o encontrariam desta vez, os filhos-da-mãe... Quando pensou em passar alguns dias num hotel afastado, começou a rir novamente. Ele leria sobre a perseguição nos jornais, se sentaria na sala e assistiria ao noticiário todas as noites, acompanhando os passos dos policiais.

A saída seguinte era Malbork... Um quilômetro, a placa dizia. Excelente.

Ligou a seta e começou a tamborilar com os dedos sobre o volante.

41

— Que horas são? — rosnou Van Veeteren. — O que está acontecendo com o pendor detetivesco da coletividade? Por que ainda não o acharam?

— Oito e meia — respondeu Münster. — Ele deve ter se escondido.

— Você acha mesmo?

— É quase impossível que ele não tenha ouvido que estamos atrás dele... daqui a pouco, vai estar na televisão.

— Não sou nenhum idiota — disse Van Veeteren. — E por que ainda não recebemos nenhuma resposta às mensagens de *fax* que mandamos? Será que o detetive poderia me dizer isso?

— O registro civil teve uma falha de computador, que foi sanada hoje pela manhã. Quanto aos outros, tem a diferença de horário. A resposta deve chegar por volta da meia-noite.

Van Veeteren ficou olhando para os palitos.

— Posso fazer uma pergunta? — arriscou Münster.

— Manda bala! — respondeu Van Veeteren. — Mas não prometo que vou responder.

— Quem é esse tal de Carl Ferger?

— Você ainda não entendeu, não é mesmo, Münster?

Münster corou e pigarreou.

— Como vou entender se não me passam nenhuma informação? — justificou-se. — Para dizer a verdade, não vejo a utilidade de você segurar todos os detalhes importantes... Detalhes muito importantes para a investigação, se você quer saber.

E o policial corou mais ainda, desta vez por sua própria ousadia. Mas o detetive-chefe não esboçou qualquer reação. Continuou imóvel na cadeira, com o queixo apoiado nas mãos. Com os olhos semicerrados, ficou observando o colega. Não tinha pressa.

— Münster — disse, enfim —, você simplesmente não tem o mínimo senso de *timing*. Se quiser realmente me escutar, terei o maior prazer de explicar algumas coisas aqui e ali. Provavelmente, você não vai entender nada, mas estou disposto a conceder-lhe dois minutos.

— Muito obrigado — agradeceu Münster —, quanta gentileza.

— Tudo está relacionado, está me entendendo, Münster? Há certas regras e padrões. Trata-se, aqui, de minúcias difíceis de se descobrir, mas temos que aguçar a audição, procurá-las e dirigi-las com a mão leve, de forma a encontrar o caminho. Você sabe o que significa a determinante?

— A determinante?

— É, a determinante.

— Não faço idéia — reconheceu Münster.

— É ela que nos guia, Münster, ela é o princípio agregador segundo o qual procedemos, agimos e escolhemos o caminho a seguir... Parto do princípio de que você concorda comigo que um livro deve ter uma trama?

— Claro.

— Que num filme ou numa peça deve haver uma história ou, pelo menos, um fio condutor?

— Certo...

— Um romance, uma peça ou um filme, Münster, não passam de uma vida empalhada. Presa e empalhada, imaginada de tal forma que possamos observá-la com simplicidade e leveza. Que possamos distanciar-nos do momento e observar de longe... concorda?

— Concordo — titubeou Münster. — Acho.

— Se a história e a trama são imprescindíveis para evitar o desmoronamento dessa vida empalhada, artificial, então isso também vale para a vida real, a vida de verdade. E esta é a questão.

— A questão?

— Isso, a questão. Você pode perfeitamente escolher viver sem seguir um sentido lógico, é óbvio, se quiser... assistir ao filme de trás para a frente, só para contrariar, ou segurar o livro de cabeça para baixo enquanto o lê... mas não pense que vai entender alguma coisa, porque existe não apenas um, mas milhares de sentidos lógicos, toda uma série de sentidos lógicos, entende... desenhos... conformidades... determinantes. Quinta-feira vou para a Austrália, Münster, e que o diabo me carregue se isso for uma casualidade. É exatamente o que deve ser. Não acha?

Por um instante, Münster se lembrou da lagoa que ele próprio havia imaginado... Synn e as crianças e 15 dias à beira de um mar azul...

— Se você e eu fôssemos um filme — continuou Van Veeteren, partindo um palito em pedaços —, ou um livro, seria evidentemente imperdoável da minha parte contar-lhe determinadas coisas neste ponto. Seria um insulto ao cinéfilo, uma ofensa contra o gênero em si... talvez até uma subestimação de seus dotes, Münster. Está entendendo?

— Não — disse Münster.

— Um crime contra o determinante — disse Van Veeteren, e por um segundo pareceu que tinha a intenção de sorrir. — Se não temos uma religião, podemos pelo menos tentar viver como se fôssemos um livro ou um filme. Não existem outras alternativas, Münster.

Porra, pensou Münster, eu estou sonhando ou ele está mesmo dizendo tudo isso?

— É por isso que estou tão irritado — justificou-se Van Veeteren. — Ele tem que ser encontrado hoje à noite. Quero que ele esteja aqui pela manhã para confrontá-lo com nosso *fax*... e com uma certa pessoa. Estamos lidando com um assassino em série, Münster, você já se conscientizou disso? Ou seja, com uma raridade.

Estou sonhando, optou Münster.

Alguém bateu à porta e o policial Beygens apareceu na fresta que se abriu.

— Com licença, Sr. Detetive, acabamos de receber um *fax* do exterior.

— Perfeito — alegrou-se Van Veeteren. — Passa para cá!

42

— Tenha a honra... — disse Ulich.

Na verdade, o horário de entrada de Tomas Heckel era às dez, mas eles já tinham combinado. Se Ulich saísse às quinze para as nove, chegaria a tempo para a luta de boxe, durante a qual teria um inglês negro, chamado Whitecock, como oponente na categoria peso médio.

Era bem verdade que ele não era a atração principal, só lutava nas preliminares, mas o jovem Ulich puxava ao pai, um talento promissor. E conseguia ganhar um bom dinheiro.

Heckel, que cursava o quarto semestre de medicina, bem sabia dos perigos que se corria quando se apanhava na cabeça em troca de dinheiro, mas esse emprego de porteiro da noite era recente demais para arriscar uma discussão. Afinal, ele não tinha nada a ver com os neurônios do colega. Esta noite, tinha trazido, além dos sanduíches e do café, três livros enormes de anatomia. Ele queria ficar acordado para passar a noite estudando... A prova seguinte seria em apenas seis dias.

— Tenha a honra... — repetiu Ulich e arrastou seu corpanzil de dentro da guarita. — Eu pago a cerveja, se ganhar.

— Nem pensar — retrucou Heckel. — Algo que eu deva saber?

Ulich pensou.

— Time de basquete de Copenhague no terceiro — lembrou. — Fica de olho neles... Além disso, um deles tem que estacionar o carro em outro lugar. Estacionaram de tal forma que o caminhão de lixo não vai conseguir passar amanhã. Prawitz descobriu o carro. Tem um recado no telefone. Acho que é de um tal de Czerpinski, no 26... Tentei ligar para ele, mas não estava no quarto.

— Tudo bem! — concordou Heckel. — Boa-noite, então, e espero que tudo corra bem.

— Se o diabo assim quiser — respondeu Ulich e andou boxeando com a própria sombra enquanto passava pela porta giratória.

Heckel sentou-se e folheou o registro dos hóspedes. Trinta e dois dos 36 quartos estavam ocupados. Nada mau para uma segunda feira de dezembro. Ele ligou a televisãozinha de Ulich. Ainda dava para pegar o noticiário antes de se aprofundar na anatomia. De qualquer maneira, antes da meia-noite, ele geralmente não tinha tranqüilidade o suficiente para ler.

Mais dois minutos. Ainda estavam transmitindo um programa de perguntas-e-respostas bobo. O que o Ulich tinha dito mesmo?

Um carro mal estacionado?

Achou o recado. Segurou-o e decorou o número da placa, enquanto tentava telefonar para o quarto 26. Ninguém atendeu. Pôs o fone no gancho, mas pregou o recado ao telefone com um pedaço de durex, de modo que não lhe saísse da cabeça.

O noticiário estava começando. Claro que começaria noticiando sobre a perseguição ao assassino... Ele já tinha ouvido vários alertas à tarde. E os jornais no balcão também noticiavam o fato: Carl Ferger... três assassinatos, pelo menos... Fiat azul, placa...

Ficou olhando para os algarismos na tela.

Depois, para o telefone.

Desligou a televisão e pegou um jornal. Estava na primeira página. Arrancou o recado grudado com fita adesiva no telefone e comparou... Letra por letra, algarismo por algarismo. Como se não soubesse ler direito. Ou como se tivesse ganhado um prêmio milionário na loto e não acreditasse no que estava vendo...

E lhe veio um pensamento absolutamente idiota... Que esta noite ele dificilmente conseguiria estudar.

Criou coragem e ligou para a polícia.

A primeira ligação entrou pouco depois das nove e meia. Münster atendeu, porque Van Veeteren tinha ido ao banheiro.

— Ótimo — disse o policial. — Entendi. Ele volta a ligar em dez minutos. Qual é o seu telefone?

Münster anotou o número e se acomodou novamente atrás do jornal. Van Veeteren entrou na sala. O colega aguardou alguns segundos.

— Pegaram-no lá em cima, em Schaabe — disse, da maneira mais calma possível.

— Mas que história é essa, porra? — gritou Van Veeteren. — Já não era sem tempo!

— Ou quase — acrescentou Münster. — É para você ligar de volta, para o detetive-chefe, um tal de Frank. Você o conhece?

Van Veeteren fez que sim com a cabeça e começou a discar.

— Frank? Van Veeteren. Que bom que um galo cego ainda consegue ciscar... O que foi que você disse?

Münster ficou observando o chefe por cima do jornal. Ele estava curvado sobre o telefone, como se quisesse espremer o assassino de dentro do fone, enquanto mastigava dois palitos com afinco e escutava.

— Tudo bem, tudo bem... Então tratem de pegá-lo quando voltar para o hotel, senão eu esfolo você vivo. Vou para a Austrália na quinta-feira, antes disso, quero tê-lo nas minhas mãos...

Frank respondeu algo, e Van Veeteren assentiu, devagar, com a cabeça.

— Entendi — respondeu, finalmente. — Vou ficar por aqui, esperando. Liga para mim assim que o pegarem.

Desligou.

— Pode ir para casa agora — disse a Münster. — Vão agarrá-lo assim que aparecer no hotel... Ele tirou a barba e colocou um par de óculos, além da maquiagem, imagino... Espertinho, o filho-da-puta. Reservou o quarto para quatro noites, no Hotel Palace, onde há um congresso de protéticos. Já ouviu uma coisa dessas, Münster? Protéticos!

— Como foi que o encontraram?

— Estacionou errado — respondeu Van Veeteren e deu de ombros. — Esse é, sem dúvida, o pecado capital dos tempos atuais.

Quando Münster respirou a aspereza daquele ar noturno, percebeu, para sua surpresa, que não tinha vontade de ir para casa e que preferia ter ficado esperando a próxima ligação junto com o detetive-chefe, enquanto lia os jornais vespertinos... até o telefone tocar.

Até o último momento.

Na verdade, a perseguição já deveria ter chegado ao fim.

O caso estava encerrado, o assassino, preso.

A partir de agora, cabia ao aparato judiciário tomar as rédeas.

Certamente ainda haveria pontos de interrogação, mas eles tinham o caso sob controle. O *fax* tinha esclarecido tudo. Van Veeteren tinha tido razão... Como tantas outras vezes. Carl Ferger era o assassino.

E, como alguém havia comentado havia duas semanas, era uma história repugnante.

A caminho do bairro onde morava, no subúrbio da cidade, ele ficou pensando no que o detetive-chefe havia dito sobre a determinante... e continuava sem saber se ele falara sério ou não. Claro, tudo parecia plausível, e talvez também fosse muito normal... que algumas coisas apenas ficassem presas numa rede de malha larga, tecida de seriedade e ilusão.

Surpreendeu-se, por um momento, com aquela formulação, mas lembrou-se que a havia copiado de Reinhart.

Essa rede de malha larga...

De qualquer modo, havia decidido que procuraria a palavra "determinante" assim que chegasse em casa, na sua nova e ainda incompleta enciclopédia de 24 volumes.

Van Veeteren não precisou esperar tanto quanto temia. Às dez e meia, Frank já ligou de volta.

Haviam prendido Ferger.

Ele entrara no hotel calmamente e fora imediatamente imobilizado por 12 policiais armados.

— Por 12? — perguntou o detetive.

— Doze — confirmou Frank.

— E ele confessou?

— Não. Está fazendo teatrinho.

— Tudo bem — conformou-se Van Veeteren. — Coloque-o no camburão e mande-o para cá. Quero tê-lo para o café-da-manhã.

— Às ordens — disse Frank. — E como está seu *backhand*? Ainda me lembro que você tinha dificuldades com ele, lá em Frigge...

— Tornou-se uma arma mortal — mentiu Van Veeteren. — Quando você passar por aqui, terei grande prazer em mostrar.

43

Münster não o teria reconhecido.

Quando o vira no Colégio Bunge, ele não havia lhe causado nenhuma impressão em especial, e aquela figurinha toda encolhida praticamente não tinha nenhuma semelhança com a imagem veiculada pela televisão e pelos jornais.

De certa forma, parecia mais jovem. A sua cabeça calva e redonda dava-lhe uma aura de inocência. Ingenuidade. Ou até, senilidade avançada.

Ou uma combinação de todas essas coisas?

Ele estava sentado de costas para a parede, com as mãos entrelaçadas sobre uma mesa que balançava. Estava cabisbaixo e provavelmente fechava os olhos de vez em quando.

Reinhart e Münster estavam sentados na sala comprida, contra a parede oposta. A cadeira do detetive-chefe parecia ter sido meticulosamente posicionada no centro do recinto; Münster só conseguia ver suas costas, que permaneceram imóveis como as de uma esfinge durante todo o interrogatório. Ele cuspia as perguntas sem qualquer modulação, enfatizando apenas seu desprezo, como se já soubesse as respostas havia tempo e não tivesse mais o mínimo interesse neste caso.

— O senhor sabe por que está aqui?

— Não.

— Não estou perguntando se o senhor é culpado. Perguntei se sabe por que está aqui. O senhor foi procurado pelas rádios, estações de televisão e 68 jornais diferentes... Com nome e foto. Assim mesmo, o senhor afirma não saber por que está aqui. Poderia nos esclarecer se o senhor é um idiota ou um analfabeto?

— Não. Não sei por que estou aqui.

A voz era baixa, mas segura.

— Gostaria de deixar bem claro, logo de saída, que eu o desprezo, Sr. Ferger. Vê-lo não me desperta nada além de nojo. Sob outras condições, numa sociedade um pouco menos civilizada do que a nossa, eu não titubearia um segundo sequer em matá-lo... Deu para entender?

Ferger engoliu em seco.

— Estou convicto de que não só meus colegas partilham dos meus sentimentos, mas todos os que sabem o que o senhor fez.

— Sou inocente!

— Silêncio, Sr. Ferger! O senhor está sentado nessa cadeira porque é um assassino e será acusado dos assassinatos de Eva Ringmar, em 5 de outubro, de Janek Mitter, em 22 de novembro, e de Elizabeth Hennan, em 30 de novembro. Além disso, o senhor matou uma criança de quatro anos em 1º de junho de 1986, mas ainda não temos todas as provas.

— Não é verdade.

Era um sussurro, tão baixo que Münster só conseguiu compreender com muita dificuldade. Van Veeteren não deu atenção.

— Se o senhor acha que as suas observações terão qualquer utilidade aqui, pode esquecer. O senhor será condenado e passará o resto da sua vida na prisão... Posso até alertá-lo para a possibilidade de uma execução...

— Como é que é?

Ele continuava falando mais com a mesa do que com Van Veeteren.

— ... que nada tem a ver com a lei, claro, mas provocada por um dos seus companheiros de cela. Até em nossas prisões, pessoas como o senhor são desprezadas ao extremo. E como pequenas torturas não são uma raridade para o senhor... Só gostaria de lhe dizer isso, para que o senhor tome cuidado.

Ferger se contorceu.

— Ninguém vai mover um dedo sequer para ajudá-lo. Por que o senhor não quer um advogado?

— Isso é problema meu.

— É óbvio que ninguém vai querer defendê-lo de livre e espontânea vontade, mas o senhor tem direito a um defensor público. A lei existe até para gente da sua laia, Sr. Ferger. Por que matou Liz Hennan?

— Nunca a vi.

— Ela gozou com a sua cara porque é ruim de cama?

Sem resposta.

— O senhor tem medo de mulheres? E achou que Liz Hennan fosse uma prostituta?

Ferger murmurou algo.

— Posso interpretar isso como um "sim"?

— Mas eu nem conheço essa mulher.

— Então, como é que ela tinha uma foto sua?

— Nunca dei uma foto para ela.

— Mas ela tinha uma foto sua.

— Não... Não tinha... Isso é mentira.

— Desculpe. Eu quis dizer que o senhor tinha uma foto de Eva Ringmar. Certo?

— Talvez... Não tenho certeza.

— Nós a encontramos em seu apartamento. O senhor tinha um caso com Eva Ringmar?

Sem resposta.

— Eva Ringmar também era prostituta?

— Não. Não quero mais responder a nenhuma pergunta.

— Também não quero fazer mais nenhuma. Por que o senhor foi para a casa de Eva Ringmar e de Janek Mitter no dia 4 de outubro?

Sem resposta.

— O senhor foi lá à noite e voltou novamente de madrugada para afogar Eva Ringmar na banheira.

Sem resposta.

— O senhor acha realmente que não sabemos quem o senhor é?

— Não sei do que o senhor está falando.

— Qual o seu álibi para a morte de Janek Mitter?

— Eu estava numa pizzaria naquela hora.

— Entre as onze e meia-noite, é verdade. Mas Mitter foi assassinado mais tarde. O senhor não tem nenhum álibi melhor?

— Fui para casa, dormir... Pensei que...

— Pensou o quê?

— Nada. Não vou responder a mais nenhuma pergunta.

— Por que o senhor acha que Eva Ringmar preferia Mitter ao senhor?

Ferger afundou a cabeça ainda mais entre os ombros e fixou o olhar no tampo da mesa.

— Por que ela preferiu Andreas Berger?

Ele esperou alguns segundos.

— O senhor pode ser um verme, Sr. Ferger, mas isso ainda não quer dizer que seja um verme amador. O senhor insiste na sua inocência... Diz que não tem nada a ver com os assassinatos de Eva Ringmar, Janek Mitter e Liz Hennan. Não é isso?

— Isso mesmo.

— Então por que raspou a cabeça, se maquiou todo e se escondeu se não é culpado?

— Eu me escondi depois de ter ouvido que estavam atrás de mim.

— A primeira transmissão foi ao meio-dia. E aí, o senhor já tinha fugido há várias horas.

— Não... Eu tive problemas com o carro. Viajei durante o fim de semana e não consegui voltar para casa.

— Onde é que o senhor esteve?

— No norte.

— Onde passou a noite?

— Num hotel.

— Nome e endereço?

— Não me lembro.

— Por que não ligou para o colégio?

— Eu quis ligar... mas não consegui.

— Sugiro que o senhor fique calado se não consegue inventar respostas mais convincentes... O senhor está ridículo, Sr. Ferger.

Van Veeteren fez uma curta pausa.

— Quer um cigarro?

— Quero, por favor.

Van Veeteren tirou um maço do bolso, sacudiu-o e puxou um cigarro. Colocou-o entre os lábios e acendeu-o.

— Mas não vou dar. Estou farto do senhor.

Levantou-se e ficou de costas para Ferger. Pela primeira vez, Ferger levantou os olhos. Mesmo que fosse por uma fração de segundo, Münster conseguiu ver a expressão que havia neles. Ferger estava com medo... Pavor, até.

— Mais uma coisa que acabei de lembrar — disse Van Veeteren, enquanto voltava a encarar Ferger. — Qual é a sensação de se afogar uma criança? O menino deve ter reagido. Quanto tempo leva? E o que o senhor acha que passou pela cabeça do garoto naquele momento?

Ferger cerrava o punho agora, e sua cabeça começou a tremer ligeiramente. Continuava em silêncio, mas não teria sido nenhuma surpresa para Münster se ele tivesse desmoronado naquele momento. Se tivesse se jogado no chão ou derrubado a mesa ou, simplesmente, começado a gritar.

— Cuidem dele — disse Van Veeteren. — Estarei de volta em três horas. Ele está proibido de deixar esta sala e não vai receber nada para comer ou beber. E nada de fumar, também. Podem interrogá-lo, se quiserem se divertir um pouco... Ele é todo seu.

Acenou para Reinhart e Münster e deixou a sala.

À medida que ia se aproximando, reduzia a velocidade.

A alguns quilômetros do destino, parou num estacionamento. Desceu do carro. Virou as costas para o vento cortante e fumou um cigarro. Fumar tornara-se quase um hábito. Não conseguia se lembrar quando tinha sido a última vez que havia fumado tanto. Certamente, não nos últimos anos.

Não devia ser à toa. Mas o caso agora já tinha chegado ao fim. Só faltava aquela última pequena confirmação. A última pincelada negra neste quadro repugnante.

Perguntou-se se aquilo realmente seria necessário. Havia refletido sobre isso durante toda a viagem, tentando encontrar um motivo para desistir e evitar este remate.

Queria poupar-se, e a ela, dessa humilhação definitiva.

E quem sabe, também poupá-lo?

É, talvez a ele também.

É claro que não ajudava em nada. Era apenas o desejo, que sempre se manifestava nele, de ser liberado daquela tarefa, ao tocar uma campainha e ser obrigado a informar a uma esposa que seu marido, infelizmente... é, infelizmente, ele tinha que informá-la que...

Não havia saída.

Nenhuma alternativa conciliadora.

Nenhuma possibilidade de minimizar o sofrimento.

Jogou o cigarro numa poça e entrou no carro.

Ela abriu a porta quase imediatamente. Estava aguardando por ele.

— Bom-dia — disse-lhe. — Aqui estou eu.

Ela fez um movimento com a cabeça.

— A senhora tem acompanhado o noticiário nos últimos dias?

— Tenho.

Ela olhou em volta como para se convencer de que não havia se esquecido de nada. Regara as plantas, fechara o gás.

— A senhora está disposta a vir comigo?

— Sim, estou.

Sua voz era igual à que tinha na lembrança. Segura e clara, mas sem vigor.

— Posso fazer uma pergunta? — quis saber. — A senhora já sabia o que realmente havia acontecido? Já sabia naquela época?

— Podemos ir, Sr. Detetive?

Ela pegou o sobretudo do cabide e ele a ajudou a vesti-lo. Ainda colocou um lenço fino sobre a cabeça, pegou as luvas e a bolsa da poltrona de ratã, e virou-se em sua direção.

— Estou pronta, Sr. Detetive.

A viagem de volta foi muito rápida. O tempo todo, ela ficou sentada ao seu lado, no banco do carona, ereta e imóvel. Tinha as mãos cruzadas sobre a bolsa. Olhava para a frente, para a estrada.

Não disse uma palavra sequer. Nem ele. Já que tudo estava absolutamente claro, completamente resolvido, não havia o que acrescentar. Ele sabia disso, e o silêncio não o incomodava.

Ele deveria talvez ter feito uma pergunta, ou melhor, explicado o que havia deduzido, mas sabia que isso teria sido impossível.

A senhora tem consciência, gostaria de ter dito, a senhora tem consciência de que poderíamos ter salvado uma vida, talvez até duas, se tivesse me contado tudo da última vez?

Mas ele não podia esperar por isso.

Agora, ele não podia esperar por uma resposta.

E também não podia ter esperado que ela tivesse dito a verdade da última vez.

Nada havia mudado quando entraram na sala.

Reinhart e Münster estavam sentados em frente ao assassino. O ar estava pesado e um pouco adocicado e Van

Veeteren perguntou-se se uma única palavra tinha sido pronunciada aqui.

Ela deu três passos em sua direção. Parou atrás da cadeira do detetive-chefe e colocou as mãos sobre o encosto.

Ele levantou o olhar. A mandíbula inferior tremia.

— Rolf? — perguntou ela.

Havia um sinal de alegre expectativa em sua voz, que foi brutal e imediatamente abatida pela realidade.

Rolf Ringmar deixou-se cair lentamente sobre a mesa.

44

— Que tragédia do destino! — exclamou Van Veeteren e trancou a porta do carro. — Logo de saída, tudo parece inevitável... Você sabe que incesto é um dos pecados mais graves que se pode cometer. Pelo simples fato de ofender os deuses.

Münster concordou. Deixou o estacionamento de ré.

— Imagine — continuou Van Veeteren —, você tem 13, 14 anos. Pré-puberdade... Sensível e aberto como uma ferida não cicatrizada. Tornando-se homem... Os primeiros passos incertos. Qual seria seu primeiro objeto de identificação?

— O pai — respondeu Münster. Ele deve ter tido a mesma experiência, pensou.

— Certo. E o que é que o pai faz? Bebe e humilha você. Bate em você. Você apanha, mas não uma única vez, talvez noite após noite... Ele tortura você, machuca... Sua mãe é fraca demais para defendê-lo. Ela tem tanto medo dele quanto você. Ninguém demonstra nada. O silêncio impera e tudo segue seu caminho... Fica tudo em família. Você não tem como se defender... Não tem nenhum direito. Como chefe da família e responsável pela sua educação, ele está em seu direito. Você não tem para onde ir, onde procurar consolo... A não ser com uma pessoa. Tem uma pessoa que pode amenizar a sua dor.

— Sua irmã.

— Que também apanha, mas não com tanta freqüência. Lá está ela, um pouco mais forte que você, um pouco menos alquebrada... Você a encontra em seu quarto comum, quando finalmente consegue escapar do seu pai... Digamos, os dois têm 14 anos... Estão deitados na cama e ela começa a consolá-lo. Você se enrosca nela, ela o protege. Ela coloca aquelas mãos que curam sobre seu corpo... Vocês têm 14 anos... Estão deitados lado a lado, protegidos juntos, vocês ouvem como ele continua enraivecido pela casa, ouvem quando ele se apossa da mãe, exige seus direitos... Mas que droga, Münster!

Münster tossiu com cuidado.

— Até aquela noite em que vocês estão nus... Vocês têm 14 anos, são irmão e irmã. Na verdade, ninguém tem culpa, Münster, do que aconteceu... Quem pode acusá-los? Quem, além dos deuses, tem o direito de repreender essas duas crianças por ter acontecido o que estava escrito? Por terem se tornado amantes? Quem, Münster, quem?

— Não sei — respondeu Münster.

— Compreende o que ela deu a ele? — perguntou Van Veeteren e respirou profundamente. — Deu-lhe a oportunidade de aproximar-se de uma mulher sempre que apanhava, era humilhado e sentia-se um inútil... Aproximar-se de uma mulher, que era amante e... mãe e irmã. Tudo ao mesmo tempo. Que amor poderia ser mais forte, Münster? Imagine que você esteja amando pela primeira vez, e que tudo é absolutamente perfeito desde o início... O amor e a ligação que vocês têm são tão fortes que se tornam mais resistentes do que qualquer outra experiência futura... Porra, Münster, será que ele tinha alguma chance?

— Por quanto tempo? — quis saber Münster.

— Uns dois ou três anos, suponho. Ele não diz claramente quando começou. É provável que o sentimento fosse igualmente forte para ambos durante algum tempo. Eu acredito que a Eva conseguiu romper com tudo, não porque quisesse, mas porque sabia que estava errado... Que era proibido... Que não podia continuar assim.

— Enquanto que, para ele, era simplesmente impossível — completou Münster.

Van Veeteren acendeu um cigarro.

— Sim, mas ela o repeliu. O que se passou nessa família... Enquanto o pai ainda estava vivo e até depois... Não quero nem imaginar, Münster.

— E ainda tinha o Paul Bejsen.

— É, talvez ele tenha sido apenas uma tentativa de rompimento de Eva. Não acredito que ela realmente estivesse apaixonada por ele. Ela só fez aquilo para deixar bem claro que tudo que aconteceu era passado... E Rolf... Bem, o Rolf... Ele...

— Ficou esperando — complementou Münster.

— Pode-se dizer que sim — concordou Van Veeteren. Ele ficou esperando até que surgisse uma oportunidade, e essa surgiu durante aquela festa.

— Ele ficou à espreita no urzal — arriscou Münster.

— Isso mesmo. Ficou escondido lá, na escuridão, esperando... Como um lobisomem...

— Ele também contou isso?

Van Veeteren assentiu.

— Entrecortado, sim... Afinal, já se vão vinte anos. Vinte e um anos é o prazo de prescrição... Ou seja, também podemos responsabilizá-lo por mais essa morte, se é que ainda tem sentido.

— E a Eva obrigou-o a deixar o país?

— É, ela deu um ultimato. Ou ele desaparecia, ou ela contaria tudo à polícia... Coloque-se no lugar dele, Münster. Ele assassinou alguém não só por ciúmes, mas também para provar seu amor... E ela o manda embora. Acredito que ele estivesse perto de cometer suicídio durante todos aqueles meses, pelo menos, foi o que ele deu a entender... E também durante os primeiros meses em exílio. Talvez...

— ... tivesse sido a melhor solução — completou Münster.

— Temos o direito de pensar assim? — questionou-se Van Veeteren. — Temos?

Münster não respondeu. Olhou para o relógio. Eram quinze para as seis.

— Qual é o horário do seu vôo? Sete e meia?

Van Veeteren aquiesceu.

— Tenho que fazer o *check-in* com uma hora de antecedência.

— Em vinte minutos, a gente chega lá.

Eles permaneceram alguns segundos em silêncio, mas Münster percebeu que ainda teriam de discutir o caso de novo.

— E aquela Ellen Caine? — perguntou.

— Pois é — respondeu Van Veeteren. — Ele conseguiu se agüentar durante oito anos... E isso já é surpreendente, mas ele conseguiu. Foi morar em Toronto e, embora sempre mudasse de emprego, conseguiu sobreviver... Até que conheceu uma mulher. Ele jura que foi ela que se insinuou para ele, e não o contrário, o que provavelmente é verdade... De qualquer forma, ela não conseguiu dar a ele nem uma fração do que ele tinha recebido de Eva... Sabe-se lá o que se passa na cabeça dele quando se trata de sexo e de mulheres, Münster. Mas ele quer o impossível... Uma vez que ele já tinha tido a experiência do impossível. E então, ele mata Ellen Caine, porque ela o decepcionou... Não sei se ela quis deixá-lo, ele se recusou a falar sobre isso... Talvez ele, simplesmente, não consiga ser um bom amante, ou talvez o que esteja em jogo seja o mais banal e honrado dos ciúmes... Em todo caso, ele a mata, empurrando-a de uma ponte bem na frente de um caminhão, e todos partem do princípio que se tratava de um acidente. Ou, talvez, suicídio. Ninguém sabe que ele estava nas imediações.

— Por que mudou de nome?

— Eu acho que, já naquele tempo, ou seja, depois da história com a Ellen, em 1980 ou coisa assim... ele estava pensando em voltar para a Europa com uma identidade nova. Primeiro, ele se muda para Nova York. Consegue a cidadania americana e assume o nome de Carl Ferger... E parece viver uma vida relativamente normal. Pelo menos, por fora. Mesmo assim, Münster, continuamos diante de outro mistério. Por que ele voltou em janeiro de 1986? Nem ele conseguiu nos dar o motivo.

— A determinante, quem sabe? — inquiriu Münster, com um sorrisinho.

— O quê? — gritou Van Veeteren, surpreso. — Já estou achando que o nosso detetive de polícia está, finalmente, começando a entender algumas coisinhas! Bem, ele volta, encontra Eva, persegue-a... E, não há dúvida, persegue-a em todos os sentidos. A sua repentina proximidade torna-se quase insuportável para ele... Pelo menos, é isso o que ele afirma... É claro que ele sente um ciúme infernal de Berger, mas o fato de ela ter um filho, isso é ainda mais grave. Que ela tenha tido um filho com outro homem... É, meu caro Münster, isso realmente fez o caldo entornar.

— Ele mata a criança para castigar Eva?

— É o que eu acho. Ele assume, alternadamente, a posição de deus todo-poderoso e punitivo, e a de jovem na puberdade, desesperado e sem identidade.

— E depois do assassinato?

— Novamente, Eva o protege, mesmo quase perdendo a sanidade. Acho que, naquele momento, ela desiste de viver e compreende que nunca mais poderá levar uma vida como as outras pessoas. Talvez, também tenha percebido que a sua ligação com o irmão era mais forte do que pensava. Também sexualmente... Eles retomam sua relação proibida algumas vezes durante aqueles anos. Ele mora na França; ela não quer saber dele por perto, mas visita-o... Pelo menos, é o que ele afirma. É possível que já sonhava com a possibilidade de, algum dia, conseguir impor sua vontade. Quem sabe, ela também lhe tivesse dado esperanças...

— E aí, ela o deixa novamente.

Van Veeteren concordou.

— Ela se muda para cá. Um novo início... É possível que não lhe tenha dado nem o endereço, mas ele a encontra novamente. Consegue até um emprego na escola onde ela trabalha. Eva deve ter levado um susto e tanto quando o diretor apresentou o novo zelador...

— Este ano?

— Sim, em janeiro. Logo depois das férias de fim de ano.

— E ela casa com o Mitter só para dar uma lição no irmão?

Van Veeteren suspirou.

— É possível. Também é possível que um fosse tão louco quanto o outro. Eu tive a impressão de que, para Mitter, esse relacionamento era algo que... superava sua compreensão. Como se eles tivessem se amado o tempo todo, entre a vida e a morte...

— Por que ele acaba matando a Eva e não o Mitter?

— Acho que foi um impulso... Aconteceu, simplesmente. Talvez ele quisesse romper com o passado dessa maneira... De qualquer forma, foi uma tremenda coincidência. Que o Mitter estivesse tão bêbado a ponto de não se lembrar de nada era mais do que ele podia esperar. Ele contava com o fato de que Mitter nos relataria sua visita naquela noite, mas não teríamos tido nenhum motivo para suspeitar que ele tivesse voltado mais tarde para matá-la. Ele deve ter quebrado a cabeça quando não recebeu uma intimação para depor.

O detetive balançou a cabeça.

— Seis pessoas ele disse. Eu tinha feito as contas com quatro, ou talvez até cinco... mas foram seis.

Permaneceu em silêncio por um curto espaço de tempo e olhou para a escuridão pela janela lateral.

— O que você acha, Münster — perguntou, então —, como é que uma mãe como a deles continua vivendo? Por que diabos ela ainda não se suicidou? Ou, simplesmente, morreu?

Münster refletiu a respeito.

— Hamlet? Medo?

— Não. Você a viu.

— Ela é religiosa?

Van Veeteren deu uma gargalhada.

— Qual deve ser a aparência desse deus que permite que seu marido a maltrate e abuse de você, que seus filhos cometam incesto entre si, que seu filho mate a sua filha...

Münster hesitou.

— Não sei... Talvez ela esteja assumindo a punição para si... Continuando a viver, quero dizer.

Van Veeteren virou a cabeça e olhou para Münster.

— Perfeito! — exclamou ele, surpreso. — Perfeito, Münster! Vou tentar não subestimá-lo mais no futuro.

— Obrigado — agradeceu o policial. — Já estamos quase lá. Só falta uma coisinha.

— Sim?

— Se você pudesse escrever um cartão... Por causa do selo. É que o meu filho começou a colecionar selos.

— Mas é claro! — prometeu o detetive.

Münster parou o carro e tirou a bagagem de Van Veeteren da mala.

— Até janeiro, então! — despediu-se Van Veeteren.

— Final de janeiro — corrigiu Münster. — Tenho duas semanas de férias depois do Ano-novo.

— É mesmo. E para onde vai?

— Para as Maldivas — respondeu Münster e sorriu envergonhado.

— Muito bem, Münster! — disse Van Veeteren e apertou sua mão. — Mantenha a forma, viu? Não serei um oponente muito divertido quando voltar.

— É, imagino — retrucou Münster.

45

A mulher segurou seu braço.

O que está acontecendo agora?, perguntou-se Ingrun. Ele tinha acabado de se sentar e de acender um cigarro. Por que não podiam deixá-lo em paz?

— O que você quer? — perguntou, enquanto tentava livrar-se da mão. As unhas se cravaram na sua pele.

— Lucas 15:11 — bufava ela.

— O quê?

— Lucas 15:11! Eu queria ler a Bíblia, mas alguém rabiscou nela.

Ele viu que ela segurava uma Bíblia na outra mão. Ela ameaçava com o livro, para o qual apontava com um dedo ossudo.

— Deixe-me ver!

Ela largou o braço dele. Abriu a Bíblia e estendeu-a para ele. Atravessado, em letras muito legíveis, estava escrito:

Carl Ferger

— Deus jamais perdoará isso! — gritou irada e esfregou as mãos.

Ingrun hesitou um pouco. Depois, rasgou a página do livro e jogou-a na cesta de lixo.

— Leia outra coisa! — disse, e fechou a Bíblia.

IMPRESSÃO E ACABAMENTO:
YANGRAF Fone/Fax: 6195.77.22
e-mail:yangraf.comercial@terra.com.br